因為妳，
我改變巴黎的天際線

為愛造塔的男人

EIFFEL

Nicolas d'Estienne d'Orves 尼古拉・德斯汀・道弗斯——著　黃琪雯——譯

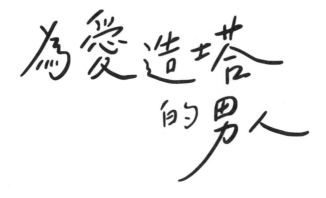

幾乎沒有人不曾聽聞法國的艾菲爾鐵塔，卻很少有人知道建造者古斯塔夫．艾菲爾經歷了什麼，以及建造鐵塔背後的這個動人故事。

令人欣慰的是，如今它已化成影像及文字，讓世人有機會瞭解這位「鋼鐵魔術師」曾經有過的戀情、深留在他心裡的傷害，甚至在一開始，他對於參加一八八九年的萬國博覽會毫不感興趣，後來竟突然改變主意，決定建造高塔……

這是艾菲爾建造鐵塔的故事，也是一個關於愛情和夢想的故事。它讓我們見識到一個男人如何在愛情力量的驅動下，打造他夢想中的鐵塔！這不僅僅是一個愛的宣言，也鼓舞了我們敢於相信夢想、大膽逐夢！

——**卡洛琳．邦格朗**，電影《艾菲爾情緣》（EIFFEL）原創劇作家

序曲

一八五九年，波爾多

水太凍了！他覺得身體簡直像被刺穿，有千萬把短劍戳進他的皮膚裡，讓他呼吸困難！但這股寒凍一旦到達極點，又開始變得灼熱了！炙熱火焰吞噬他的臉頰、額頭、嘴唇，彷彿要將他的臉撕扯開來。他驚慌失措張大了嘴，卻吞進一大口泥漿，趕緊用力屏住呼吸。

這一切發生的速度實在太快了！這個工人的身材壯實，腳上的鞋比浮橋還寬大。浮橋隨意用繩子綁住的木板，早已經破損、滑腳，就在他想要對走在這條加龍河對岸的年輕女孩吹口哨時，僅僅片刻的不留神——

意外就在一瞬間發生了！

他整個人背往後仰地從橋面摔落，那尖叫聲像疑惑又像狂喜，聲音大到幾乎震破大家的耳膜。

眾人一片慌亂。

「我的天啊，是夏維耶！」

大家嚇得都不知道該怎麼辦才好，要是逐一詢問的話，他們應該會坦言自己擔心的就是這個時刻，甚至從動工之時就開始擔心了。只是鮑威爾信誓旦旦地表示鷹架很安全，一點都不危險，搭天橋就跟玩玩具一樣容易。大家都信了——至少他是想辦法讓他們這麼相信的，況且鮑維爾給的工資又高。他可是波爾多當地最好的雇主之一呢。總之，他們都覺得能夠參與這項計畫是件光榮的事。報紙上也說了，這是一座革命性的金屬橋梁。無論是在咖啡廳，或是在路上，人們總是會呼喊那些工人，想要多知道一點關於這座橋梁的事。

「欸，跟我們說嘛！」

「這座橋什麼時候會蓋好啊？」

那些工人覺得自己也是促成這樁成就的一分子，很是得意，但是那位激勵他們的年輕工程師就不是那樣想了。那個名叫古斯塔夫．艾菲爾的二十六歲小伙子，工作盡心盡力，總是第一個到工地，最後一個關門離開。他渾身充滿活力，也滿腦子點子。說起艾菲爾這個姓氏，聽起來像是日耳曼人的姓氏，可是他說自己是勃根第人，不過反正也沒人在意。工地裡不管出身，大家都是來工作的人。

夏維耶也是來工作的人，做起事來相當積極。艾菲爾注意到了他的表現，也很信任他的判斷力與直覺。他就曾經針對鷹架的安全問題提醒艾菲爾。

「要跟鮑維爾先生談談。他是老闆。其實再多加幾片木板就好。」

艾菲爾也承諾他：「我會處理的。」

只是鮑維爾拒絕和艾菲爾溝通。

「不可能！」鮑維爾怒吼，完全不願意聽這位工程師所提出的警告。

「可是先生，萬一出了意外，你就得負責！」

「老兄啊，每個人都得為自己的安全負責，況且該注意工地狀況的人是你。工地裡的所有東西花了我不少錢。我要提醒你，所有的人當中，就你的薪資最高。」

古斯塔夫・艾菲爾回到工地，嘟噥著道歉，但是沒有人怪他。

夏維耶說：「先生，起碼您已經試過了。」

艾菲爾拍了一下他的肩膀說道：

「我們只好多小心點了。」

夏維耶笑著說：「我的身手靈活得很，簡直就跟鰻魚一樣。」

可是剛才以倒栽蔥的姿勢落水還發出慘叫聲的人，就是他啊！

而這一切發生得太突然了，讓艾菲爾根本來不及思考，不然他又怎麼會立刻跳下去呢？

這個工程師連鞋子都沒脫，就直接往水裡跳！

一瞬間，冰冷攫住了他的身軀，但他的意志力勝過了冰冷。在黃濁的水中，他隱約看見正往下沉的夏維耶，甚至還看到夏維耶以不可置信的眼光望著他。幸好，這個時節的水位不太高，艾菲爾才花不到幾秒鐘便攔腰抱住這個體型是他兩倍大的男人，再用盡全身的力氣，往加龍河底一蹬，而後又很幸運抓到了開工期間從鷹架掉進河裡的木板支撐身體。

浮上水面的過程漫長得像是沒有盡頭。有人說，在這段時間，也就是在致命的那一刻發生之時，所有的記憶會像跑馬燈一樣閃過，可是艾菲爾硬是壓下所有的回憶，他不會讓自己的一生就此了結——終於，在幾乎要窒息時，他順利地浮出了水面。

他們兩個一吸到空氣，便感到胸腔疼痛不已，那群工人爭先恐後地上前伸手將他們從河裡拉上岸，兩個人便在岸邊一口又一口地吐出了泥漿。

夏維耶往後倒在地上，就這樣對著天空微笑。

艾菲爾也跟他一樣的躺著，只不過他將臉轉向了夏維耶。

「靈活得跟鰻魚一樣？」

夏維耶苦笑著，接著打起了哆嗦。

「艾菲爾先生，每個人可能會有識人不清的時候，但有一件事絕對錯不了，那就是您是英雄，一個真真實實的英雄。」

古斯塔夫聳了聳肩，閉起了眼，感受到一種從來不曾這麼溫暖的空氣包圍著他。

1

一八八六年，巴黎

「艾菲爾先生，在美國人的眼中，您可是一位英雄啊！」

真是奇特的腔調啊……圓滑、拉長、急速的顫動。艾菲爾總是猜想著腔調形成的原因：是與氣候或地勢起伏有關？又或者，某些母音對太陽特別敏感，而某些子音則對雨特別敏感？美國腔調是從英國腔、愛爾蘭腔，還是荷蘭腔變化來的嗎？或許吧，可是這麼說來，是不是有一種存在先於這些語言的語言？是不是有一種原始的結構？

「骨架……」艾菲爾盯著肥厚的嘴唇滔滔不絕吐出讚美之言，思索著。

事實上，他的人生有半個世紀的時間都奉獻給了骨架。這份熱情，讓他幾乎放棄一切，放棄他的家庭、愛情、假期——他想到了金屬骨架，沒錯，就是金屬股骨，鋼鐵脛骨……可是話說回來，這個聳立在評議委員面前的女子，這個滑稽地披著一條充滿皺褶的布、身材高大的綠色女子，難道不也是古斯塔夫・艾菲爾的孩子嗎？是他，給了這女子最隱密也最親密的結構。

「古斯塔夫，你怎麼了，你是見到聖母顯靈了嗎？」喬・龔帕農輕聲地在他耳邊說。

「聖母啊……她再過沒多久就不是了……」

古斯塔夫・艾菲爾思緒回到現實，然後想起自己置身何處、面對何人，以及在此的原因。

不過這位叫密里根・麥克連的外交官絲毫未覺，繼續用可怕的腔調演說，而那些戴著假領結、蓄著鬍鬚的聽眾，有些已經左搖右晃地擺動著頭，打起了瞌睡。

「您謙稱自己只負責『自由女神像』的內部結構，不過這副骨架正是『自由女神像』的力量所在。」

幾個老頭子轉身對古斯塔夫・艾菲爾投以崇拜的眼光。艾菲爾幾乎想要對他們扮鬼臉，可是他已經答應過要行為得體。在這場活動之前，龔帕農甚至哀求他要配合一下。

「這是任務的一部分。」

「你知道我這個人才不在乎什麼榮耀的。」

「艾菲爾先生，我也不在乎，我們也不在乎，艾菲爾建築公司也不在乎。可要是你不為自己這麼做的話——」

「那就為我這麼做吧！」艾菲爾的女兒克萊兒走進了辦公室。艾菲爾正笨拙地打著蝴蝶領結。「爸，我來幫你，不然你會弄皺領結……」

古斯塔夫．艾菲爾的個性直率，而不是虛與委蛇的人。他向來厭惡阿諛奉承，討厭政府單位的權謀算計，還有大使館那些不見天日的祕密。

不過算了，龔帕農是對的，先配合一下那些人吧。再說，這也會讓他的寶貝女兒開心。

「這座雕像不怕風、不怕雨，百年後依然會屹立不搖。」

「混蛋，最好是這樣！」艾菲爾暗罵，聲音大到龔帕農推了他的腰一下做出提醒。

想不到艾菲爾這位工程師竟然立刻走上前，面帶微笑地對大使說：

「不止呢，還會遠遠超過幾百年呢。」

那些評議委員聽到，忍不住笑得都咳了。他們搞不懂這個艾菲爾到底在想什麼。此刻，艾菲爾故作親切、假意地望著他們，心想：這些傢伙的要求可真低。

大使趁著他站出來的機會，走到這位當代英雄的面前，將一面勛章遞給他。

艾菲爾很訝異這面勛章竟然這麼小。幾年來，他收到了一堆又一堆的勛章，有法國勛章、地區勛章、殖民地勛章；這些勛章全都胡亂地堆在抽屜裡，幾個孩子喜歡在狂歡日[1]的時候翻出來玩。這面勛章就跟其他勛章一樣，沒什麼特別的。

「就為了這個，弄出這麼多名堂來。」艾菲爾一邊自言自語，一邊轉身朝向「他建造的」雕像。他不停想著，這座雕像真的是他建造的嗎？那形體、風采、眼神、傲氣……全都出自雕刻家巴托爾迪[2]的設計。以後，遊客一旦進入紐約港，就必然會先經過她的面前。她會是他們第一個遇見的美國人。只不過他們會認為這是出自工程師之手？還是藝術家呢？而他們倆之中，誰又是藝術家，也就是那位真正的創作者呢？藝術，難道不是存在於那些隱藏而未經展現的東西裡嗎？三十年來，所有古斯塔夫建造的橋梁、天橋、高架鐵路都是藝術品，或只是物品而已？該是時候建造一個只因他、也只為他而存在的物體——一座因為結構而取勝、扳回一成的骨架了，不是嗎？

一絲疼痛令他回過神來。大使是故意的嗎？是不是在將勛章的別針刺進他的右胸幾厘米處時，發現眼前的受勳者眼神飄移不定呢？

但是這個美國人假裝什麼都沒注意到，艾菲爾也收回了臉上的怪異表情。

「以美國人民與其價值之名，我任命您為美國榮譽公民。God Bless America（天佑美國）！」

「God Bless America!」在場的人紛紛齊聲附和。

要是法國人的話，接下來只會給他一個擁抱。可是大使卻抱住艾菲爾，左右親了他的雙頰。艾菲爾的身體變得很僵硬。他的古老德國血統，總是在他面對別人過於親密的舉動時作祟。這些美國人都太過興奮了，而且呼出的口氣實在是……噢，我的天啊！

「大使先生，請問您是吃了青蛙嗎？」

當然，他什麼也沒說，可是天知道他有多麼想說出口。

⚜

「那個紐約佬的大蒜味實在太臭了！」

「從你那副表情就看得出來了，希望沒有人注意到。」

艾菲爾看見在場的人啜飲著香檳，咯咯地笑著。

「他們？他們又聾又瞎……」

一位老院士快步走向艾菲爾，並且熱情地握住他的手，咕噥著因為缺牙而讓人聽不

---

1 四旬齋第三個星期的星期四。

2 巴托爾迪（Frederic-Auguste Bartholdi, 1834-1904），法國雕塑家，美國紐約著名的自由女神像的設計者。

懂的讚美。

「卻不啞……」龔帕農說道。與此同時，那名穿綠衣的老院士步履蹣跚地走開了。

艾菲爾終於說：「好，夠了。」說完便轉身往衣物寄放處走。

「喂喂，等一下！」

「要等什麼？大家都在聊天，你知道我最討厭聊天了。」

龔帕農似乎處於戒備狀態，像是生怕艾菲爾的態度會害了他們，畢竟他這幾年來為艾菲爾打圓場、收拾殘局的次數已多到數不清了。對他來說，那可真是一個糟糕的工作：艾菲爾是他的合夥人，不是他的主人。可艾菲爾本人卻對此絲毫未覺。他們倆的友誼——他們真的是朋友——就建立在這種依賴與默契的奇特關係上；就像盲人與癱瘓的人一樣。

如同今天，艾菲爾是不應該這麼漫不經心的。當他們抵達聖奧諾雷市郊的美國大使館，在走上台階時，龔帕農便提醒過他，會有上流人士在場——這代表的是未來的合約。

「我們不需要合約。」艾菲爾說。

「我們『一直』都需要！誰都知道你根本不管帳務。」

「就是這樣我才和你合夥啊。對我來說，數字是度量單位而不是鈔票。」

事實上，龔帕農是對的。整個村莊和大使館的人都會在今晚齊聚於美國國旗之下，所以不是可以任性的時候。

「你知道嗎？每個人談的都是三年後的事，換句話說，也就是不久之後將舉行的世界博覽會。」

艾菲爾假裝沒聽見，伸手拿了一杯香檳，接著做了個鬼臉說：

「你有注意到嗎？這酒是溫的。唉，這些美國人啊……」

龔帕農抓著艾菲爾的手臂，稍稍用力地把他推到房間的一角。他們的上頭有一幅畫，畫的是安大略湖上的文森特角鎮。一幕久遠、凝結的場景，就像在沙龍裡徘徊不去的鬼魂。

龔帕農從背後指著一名高大的男子。那個人一付不耐煩，在原地不停地踱步。

「看那個高個子，他在外交部。他說菲辛納想要一座可以在一八八九年代表法國的紀念建築物。」

「一座紀念建築物？」

龔帕農明白自己終於吸引起這個工程師的注意，於是強調：

「是的！而且他們想要蓋在皮托的巴黎門。但是為了能夠蓋在那裡，他們要學倫敦建造一條大都會鐵路，讓火車從塞納河底下穿過。」

這個想法讓艾菲爾眼睛一亮。

「很厲害，這真的太厲害了！」

龔帕農感覺到自己終於贏了這一局。

「你看我們來這裡還是有用的！得要聯絡上部長，才能向他們提計畫或給出什麼構想。」

「蓋地鐵？你說得對。你去瞭解一下吧。」

「不對，不是地鐵！是紀念建築物……」

當艾菲爾一固執起來，就沒有什麼可以令他改變心意。

龔帕農說：「地鐵不是什麼全新的概念，而且現在已經有太多人在蓋了。」

艾菲爾穿上大衣，說：「那他們的進度呢？」

龔帕農得坦承自己並不知道。

工程師臉上揚起了微笑，他向那些注意到他離開的賓客遠遠地鞠了個躬，並打了個手勢。當他看見幾個人朝他走來時，開始一路倒退走到了大使館的庭院。龔帕農緊緊跟著他。此時，他的思緒已然四處飛颺。地鐵！得蓋得比英國人好才行！他的腦中想像起了隧道、金屬結構，以及一隻巨大蚯蚓的骨架！

「我說你去瞭解一下吧。紀念性建築這種東西，一點用處都沒有，但是地鐵呢……這真的是一個很美好的計畫。一個『真正的』計畫！」

2

一八五九年，波爾多

鮑威爾不知道何者最令他憤怒：是夏維耶的意外落水？古斯塔夫・艾菲爾的輕率？還是他的吝嗇讓自己與一場嚴重的災禍擦肩而過？

當他走近那兩個躺在岸上的男人時，其他圍觀的工人自動散開，一股夾雜著憎惡與尊敬的情緒在他們的心中升起，畢竟鮑威爾還是他們的老闆。他開口就說：

「該死！你把自己當作了什麼啊？你不需要跳下水啊！」

艾菲爾起身。鮑威爾伸手扶他一把。他這麼做，與其說是出於憐惜，更不如說是反射性動作罷了。

「鮑威爾先生，我跟您說過了，再多加一些木板，我們就可以搭更大的鷹架，也沒有人會落水！」
全部的工人都認同，只是不敢說出來。他們不知道自己可以支持這個工程師到什麼程度。
「我已經回答過二十次了：我得控制預算！」
大夥不敢有任何表示，靜靜等待工程師的反駁。
艾菲爾指著那群工人，鎮定地說：
「但是我需要我的這些工作人員……」
鮑威爾明白自己得步步為營。他不想被下屬的反抗給困住，不然預算會真的花光光，而且他也有負債得還。
鮑威爾靠近艾菲爾，拉起他的手臂，彷彿兩人正在沙龍裡逛展一般，接著再以一種祕密的語調指著夏維耶說：
「你的人又沒死。」
那個工人繼續對著天空傻笑，彷彿老天才剛給他的生命多寬限了一些時間。
艾菲爾無法反駁。
「所以呢，就別再用木板的事情煩我了。」
艾菲爾憤怒地回答：「那麼，我來處理！」

「你處理？你又想怎麼樣？」

艾菲爾看也沒看他一眼，用毯子包住了身體之後，轉身就走。

「你要去哪？快把身體擦乾！現在可不能生病啊！」

要是鮑威爾看得見艾菲爾的臉，就會發現一抹貪婪與具有破壞性的微笑。艾菲爾喜歡衝突，而且他也準備好掀起另一波衝突了。不管怎麼說，他這一天便是從把溺水的人救上岸開始的。相較之下，頂撞全波爾多最富有的人只不過是場兒戲。

「艾菲爾，回來！」威嚴盡失的鮑威爾大喊：「拜託你別做傻事啊！」

3

一八八六年，巴黎

古斯塔夫．艾菲爾喜歡嘈雜聲。不是沙龍裡上流社會的哄哄交談聲，也不是小客廳裡的那些竊竊私語，而是人們在舉杯慶賀、在吹牛自誇時所發出的那種直來直往、好聽的聲音。那會令他想起工地，以及工廠的氛圍。那些男人與自己的行業進行近身肉搏，全心全意投入當日的工作，忙於自空無中塑造出一個團塊、一個形體；忙於將艾菲爾的「想像」化為真實、變成具體。想像力擁有一種讓人看得更遠、從不同角度思考的力量，只能在靈感的龐然沉默（對艾菲爾來說，這一直都是令他既著迷又恐懼的東西）繼之而來的持續喧鬧聲中發生。當他獨自面對自己的想法，當他窺伺著催生出人類第一幅圖畫的火花時，他害怕極了！他覺得自己是夜晚降臨時，待在森林邊緣的小男孩，不知道狼會從哪一邊竄出來——可是他所恐懼的妖怪從來就沒有出現過，反而是當恐懼達到最難以描述、最為無形的程度時，他的創意開始發揮；他得要觸到擔憂、懷疑的底，才能夠往「對的」想法回彈，也因而造就艾菲爾建築公司成為鐵的天才、金屬的詩人。鐵與金屬如果沒有鑄造廠、榔頭、工作台、沁著汗珠的肌肉、皺起的眉頭、每一刻的專注，就不會存在。此時，嘈雜聲又再次響起。他親愛的嘈雜聲。他的歸屬。

所以艾菲爾在人們聽不清楚對方說話的餐館裡，時常會感到萬分自在；這些人們大聲叫嚷、呼喚他人、相互攻擊的繁雜場所，令他感到相當安心。自從七〇年代那場敗仗之後[3]，這種場所在巴黎處處可見，因為許多阿爾薩斯人為了躲避普魯士軍人，來到這裡落腳。他們餐館釀的啤酒寧願賣給法蘭西的士兵，也不願意給俾斯麥的軍人喝。阿爾薩斯酸菜便因此成了法國菜的一種，否則就不存在了。

「艾菲爾先生，再來一杯啤酒嗎？」

「好！再幫我上一盤生蠔。」

「芬大奇生蠔嗎？」

3 指一八七〇年代的普法戰爭。

「當然！」

「好，馬上來！」

「爸，你第一盤都還沒吃完……」

「你知道我就愛超前人家一步……」

「別吃那麼快，你會噎著！」

「是，媽咪！」

克萊兒皺起了眉頭。她不喜歡爸爸這樣跟她說話。她確實會照顧家裡，可那是因為她是長女的緣故。自從母親在九年前過世之後，她就一手攬起所有的家務事，可是叫她媽咪就過分了點，對她或是古斯塔夫來說，一點都不有趣。古斯塔夫也察覺到她的異狀，因此將他沾了鹽的手擱在克萊兒的手上。

「親愛的，對不起……我太粗心了。」

看著父親的笑容，克萊兒的怨氣隨之消散。這對父女都很愛對方。每次克萊兒前往位於勒瓦盧瓦—佩雷的艾菲爾建築公司，確認父親是否帶了圍巾出門，或是當她提著野餐籃給父親送餐點時，大家會在走道談論這對父女：「他們倆真是形影不離。」對克萊兒而言，艾菲爾是她的父親，也是她的榜樣和偶像，每當提起父親，她的語氣總會變得相當熱情。

有時，她的朋友甚至開玩笑說：「我敢說，你戀父！」

克萊兒聽了只是聳聳肩，一點也不驚訝。

「就某方面來說，他是我生命中的男人。起碼目前來說是這樣。」所以她今晚一定要見他。她約了他在聖日耳曼大道上的萊茵河畔餐館見面，因為她知道父親是那間餐館的常客。她要向他宣布的事情，值得他的關注與善意，因此得讓他覺得自在才行。

「爸，我有事想跟你談……」

艾菲爾溫柔地望著她，可是心思已經飄走了。他吞下一個又一個的生蠔，吸吮聲大得令他女兒有點惱火。

她說：「古斯塔夫，你就跟章魚沒兩樣！」以往她一發火，可能隨時會起身離開，這一點其實很像她媽媽。然而這一天，她得壓抑心中的厭惡感，這可不是得罪她爸爸的時候。

「讓我猜猜，」他又吞了一個生蠔，「你想要放棄法律念藝術嗎？」

「我想要結婚……」

克萊兒真不敢相信自己竟然說出口了！她整個身體像是觸了電，但是只有她自己察覺得到。四周鬧哄哄的，所以艾菲爾什麼都沒聽見。

「你說什麼？」

克萊兒用力地擠出笑容，一個字、一個字慢慢地說。

「我，要，結，婚，了。」

艾菲爾無動於衷地聳了聳肩，嘴巴湊上服務生剛端上來的啤酒杯喝著。

「當然，你總有一天會嫁人的。」他往臉上的鬍鬚抹了一把，繼續說：「吃吧，再吃點生蠔吧！碘這種東西對健康、對生長還有什麼的都很有好處。」

「爸……」

艾菲爾是故意的嗎？有時候，他就只不過是個欠揍的搗蛋鬼。就像現在，他也可以輕易地就叫克萊兒媽咪……

克萊兒準備再次發動攻勢時，一個影子靠近。

雖然是克萊兒親口告訴喬．龔帕農，她會和爸爸在這裡用餐，也把心裡的打算告訴他，並拜託他不要過去打擾他們，但是看來，沒有什麼時候比此時此刻更容易遭到自己人背叛了……艾菲爾與龔帕農共事已經有十年的時間，而這位木工也成了他們家的一分子——至少，克萊兒是這麼以為。

可是龔帕農不再是那位親切的叔叔了。現在的他，已經變成焦慮、容易緊張的合夥人。他看也不看克萊兒一眼，無視汙漬與朦朧的光暈，直接在桌上攤開一堆文件。

艾菲爾問他：「你吃過飯了嗎？」

龔帕農還沒來得及回答，艾菲爾便先替他點餐：「給這位先生來一打生蠔！」然後打開龔帕農夾在手臂下的報紙。

「有人談美國勛章這件事嗎？有照片嗎？」艾菲爾問。

「我以為你不在乎榮譽這種東西。」

「我在乎榮譽，但是我不在乎廣告。你應該也認為我是這樣的人吧？」

當艾菲爾逐頁檢查著《費加洛日報》上的報導時，克萊兒覺得全身肌肉開始緊繃。龔帕農終於注意到這個年輕的女孩，並且也想起自己來的不是時候。他對她做出抱歉的表情，可是克萊兒的眼睛只是看著她父親。

「爸，我們可以認真地談談嗎？」

她父親不再聽她說話。因為龔帕農把一個文件夾遞給他，他開始一張又一張地簽上名字。

龔帕農覺得很不好意思，尷尬地說：「克萊兒真對不起，可是你知道……」

「嗯，我知道。」

克萊兒經常親眼見識這種無可救藥的專注力。她的父親總是對她們耳提面命：「要專注於當下；專注於自己所做的每一件事，絕對不要分心，知道嗎，孩子們？」

「爸爸，知道。」

艾菲爾突然將其中一份文件猛力地推到龔帕農面前。

「你去跟普拉談判吧。我是不會付錢的……」

他又簽了六、七份文件後，就像運動員燃燒完所有精力般的往後癱軟在椅子上，接著面無表情地將剩下的半杯啤酒喝完。

克萊兒已經完全失去拚鬥的力氣了。她父親有時候就是有本事把事情搞砸。

龔帕農覺得有些難為情，猶豫著該不該閃人——現在這家人的聚會被他毀了，如果匆忙逃開的話，是不是太儒弱了？於是他開口問艾菲爾：

「你有沒有再考慮一下世界博覽會的事情？還有那個紀念性的建築物呢？」

艾菲爾輕蔑地揮了揮手，示意完全不想考慮。

「你該不會又來了吧？我有興趣的是地鐵……」

他將手擱在女兒的手背上，又說了：

「克萊兒，跟他說地鐵代表著現代化。」

克萊兒嘆氣，像鸚鵡一樣的重複父親的話：「喬，地鐵代表著現代化。」可是艾菲爾並沒聽出女兒語氣中的嘲諷，反而因為覺得女兒站在自己這邊而滿意地點頭。

克萊兒身體僵直地坐在椅子上。她向喬．龔帕農眨了個眼，說：

「可是呢，紀念性建築物也會很有趣。」

艾菲爾聽了頗為訝異，龔帕農則順水推舟地說：

「我跟你保證，紀念性建築物的合約值得簽下去。到時候名聲就有了。」

又是一個會惹惱建築師的詞——名聲！可真是個好東西啊！

「你就跟我解釋解釋，蓋一棟完全沒有用、之後又會拆掉的建築物，到底有什麼好處？」

克萊兒訝異地問：「啊，只是暫時性的？」

她父親低聲忿忿地說：「二十年，基本上也就是一秒鐘。」

龔帕農縮緊下巴，他才不會因此認輸。

「你還記得科奇林[4]和諾吉耶[5]的計畫嗎？」

艾菲爾裝出努力回想的模樣，但他其實很清楚他的合夥人在說什麼。艾菲爾早前就覺得那座塔很無趣、很不討喜，於是立刻拒絕了，還要他的員工想想別的點子。

4 莫里斯・科奇林（Maurice Koechlin, 1856-1946），法國—瑞士結構工程師。

5 埃米爾・諾吉耶（Émile Nouguier, 1840-1897），法國土木工程師和建築師。

「你說的是他們這幾個月以來一直向我們推銷的那座鐵塔嗎？希望你不是在開玩笑。」

「那真的值得你再考慮一下。」

艾菲爾聳了聳肩。

「一座塔……一座塔有什麼用處呢？」

「或許吧，可是遠遠的就看得到。」

一聽見這話，艾菲爾閉口不再說話，開始思考。克萊兒趁機站起身。

「我先走了。」

艾菲爾朝她溫柔地微微笑。

「寶貝，你確定嗎？」

「確定什麼？」

「你不想和我談談嗎？」

她父親實在太誇張了！她真希望母親能從棺材裡出來臭罵他一頓。

她喃喃自語：「沒關係。」心裡滿是失望。

生氣歸生氣，她還是給他一個擁抱。他的香水味略略淡化了她的壞心情，讓她還能在穿過擺著啤酒與亞爾薩斯酸菜的厚重桌子之間時，漾起笑容，朝她父親丟下這麼一句：

「爸，我下次再跟你談！」

「寶貝，隨時等你。」

龔帕農望著克萊兒消失在旋轉門後，同時也看見有一群男人打量著她，儘管她的穿著保守，還是掩飾不住腰身和曲線。隔壁桌的三名男士甚至指著她，做出暗示性的動作。

「你女兒真是女大十八變啊。」

「你這麼覺得嗎？」

「她已經變成一個真正的女人囉。」

一聽見他這麼說，艾菲爾立刻從生蠔堆中抬起頭，滿臉的訝異。

「女人？真的嗎？」

4

一八五九年，波爾多

鮑威爾是對的：不可以生病，而且上布爾日家的時候，不能穿得跟鄉巴佬一樣，於是他飛奔回家換上乾的衣服，隨意梳了幾下頭髮，甚至還刮了鬍子。古斯塔夫．艾菲爾的父親蓄著鬍鬚，於是他堅持剃掉下巴的鬍鬚示人。當他每天工作結束之後，坐在露天咖啡座時，那光滑的下巴在波爾多年輕人的眼中，其實並不討喜。

只不過古斯塔夫．艾菲爾今天並不去咖啡廳，而是逕自踏進了城裡最漂亮的其中一棟房屋。這幾棟建於舊制度時期[6]的華美建築，位置離市中心稍遠，屋主是當地的貴族，而屋內擺設的都是在法國大革命結束時以低價購得的名貴物品，因為物主不是流亡海外就是上了斷頭台。那真是一段可以撿便宜的時期。艾菲爾並不知道布爾日家族的財產是怎麼來的，但是那財產數字之龐大，就如同這個宏偉的門面；這座花團錦簇的庭院；這座深邃的大花園；這群以優雅協調的步伐裡裡外外穿梭忙碌、如同螞蟻的僕人。

管家見他走上了通往柵欄的主要走道，便上前與他說話。這名背脊挺直、眼光黯淡的矮小男人操著英國腔的法語問他：

「先生，需要幫忙嗎？」

「我來見布爾日先生。」

管家一臉訝異地打量這個陌生人一會兒，像是想從他的衣著、優雅來斷定他會是什麼樣的人。

「您們有約嗎？」

艾菲爾已經不耐煩了。他語氣生硬地回答：「沒有，因為事出緊急……是關於那座橋……」

管家驚訝：「那座橋？」

「是的，加龍河上的那座。我在鮑威爾先生底下工作。」

---

6 法國十五至十八世紀時期：始於文藝復興末期，止於法國大革命。

管家一臉恍然大悟，接著示意艾菲爾跟著他走。

有其他人同時間也到了：一對無疑是波爾多富有的年輕夫妻，他們朝管家稍稍揮了個手：「喬治早。」接著，在管家對他們說：「伯爵、伯爵夫人，早安。」之後，兩人便直接走上通往大門的樓梯。

當艾菲爾發現喬治竟讓他從後門入屋時，不禁忿忿地咬著牙。他得穿過洗衣間、備膳室、廚房，與忙碌的女傭、端著盤子的侍者擦肩而過，而且還遇到了其他管家。那些管家彼此打招呼，就是不搭理他。

當他們左拐右拐過了許多彎，終於走到入口大廳時，艾菲爾認出了某個人的聲音——那低沉、沙啞的聲音雖然出自一名中產階級，但聽起來卻像個鄉巴佬的嗓音；那也是個狡猾分子的聲音。儘管那個人背對著艾菲爾，但他依然立刻認出這個令人聯想起搬運工、屠夫而非波爾多有錢人的高大方厚身影——他是路易．布爾日，曾經三度造訪天橋工地，搭建天橋的木材就是由他提供的。關於這個男人的事蹟、財富與作風有許多傳言，但不管他是什麼樣的一個人，都是人生贏家，看看這些地方散發出令人望而生畏的燦爛光彩就知道了。

路易．布爾日站在入口中央，也就是在雙扉大門與攀升而上的豪華樓梯之間。他揮動著手臂，大聲咆哮：

「你又來了！一個年輕女生不應該穿長褲！」

「可是爸爸，這又哪裡礙到你了？」

「你很清楚就是不可以。」

銀鈴般的清脆笑聲瞬間揚起。

「那好，你就到監獄看我吧。」

艾菲爾看見一個身影從另一個巨大的身影中抽離，接著快步奔上了階梯，就像個仙女般的，雙腳幾乎沒有觸碰地面。有那麼一會兒，她停下了腳步，然後轉身倚著扶手，帶著那雙如貓般的迷人眼神，以一種帶著挑釁的雀躍對她父親微笑。

「亞提安娜，你乖一點……」

「我很乖。」她又笑了，接著消失在樓層間。

布爾日聳了聳肩。他看著懷錶，低聲咒罵。也就在此時，他瞧見了這個陌生人。

「喂！你要做什麼？」

可是陌生人並沒有回答，雙眼依然盯著那道階梯不放。那階梯上的小仙女消失得太快了。

「喬治，這是怎麼回事？」

這名管家用手肘輕輕地撞了一下艾菲爾，要他回過神來。布爾日那肥嘟嘟又發紅的臉，幾乎就貼在他的臉上。濃重的口氣從這名吃得太多的中產階級嘴裡撲鼻而來。

「我是為了鷹架來的。」

布爾日毫無反應，神情略顯呆滯。

「鷹架？」

「是的，就是加龍河上那座橋的鷹架。」

他的眼神亮了起來。

「那座橋嗎……可是您是哪位？」

「古斯塔夫．艾菲爾。」

一聽到這名字，路易．布爾日立刻挺起腰，完全沒了方才的遲鈍模樣。他滿面笑容，熱情地握起了古斯塔夫的手。

「是那位當代英雄嗎？從這一早開始，大家的話題全都繞在您身上。」

艾菲爾並不是來這裡接受表揚的。

「是的，布爾日先生。我們的木材不夠，我就是為這個來的。我們需要更多更多的木材。」

布爾日先生似乎不覺得這些細節有何重要，他做了個瀟脫的手勢。

「那有什麼難的。我會和鮑威爾先生再討論看看。」然後他一副準備回頭繼續忙的樣子。

「不，那些木材我立刻就需要……」

這個龐大的身軀再次停住動作，又恢復了呆滯的模樣，彷彿輕巧活潑的心智與這副笨拙遲鈍的軀體脫節了。不過，他的臉又重新掛上了微笑。他端詳著艾菲爾，一如管家在這位工程師出現時那樣。艾菲爾感覺自己正接受了一連串的審查。

布爾日說：「是嗎？那留下來一起午餐吧！這樣一來，我們就可以慢慢談了。您答應了嗎？喬治，去多添一副餐具。」

這些有錢的中產階級真是讓人討厭，他們不習慣有反對意見，乾脆就自己問、自己答。肯定就是這樣，所以在談判桌上他們從來都像個贏家：他們就是比你有理。

艾菲爾準備再次重申自己是為了木材而來時，飯廳的門大大地開啟。所有人都已經就座，而一聲「爸爸，你終於來了！」如歌響起。

布爾日不耐煩地問艾菲爾：「不來嗎？」

他才侷促不安地跟上布爾日的腳步。

「朋友們，我們有一位意外的客人！」布爾日宣告。

艾菲爾隨即在所有的賓客當中看見了那雙貓眼。

5

一八八六年，巴黎

鐵塔就在那裡，就在那張用桃花心木做成的大書桌上，被成堆待核的文件、一筒筒的鉛筆、一只只底部殘留咖啡的杯子所包圍著。兩個男人各自退到離書桌幾步遠的地方，面對面站著，場面相當緊張。而他們的老闆繞著大書桌，仔細打量著鐵塔的模型；他的眼睛解讀著一個又一個細節，並在腦中建構出一座巨大、真實的鐵塔。可是他的動作簡直就像圍著獵物打轉的野獸，只要一出爪，就能殺死獵物。

終於，艾菲爾停下了腳步，抬眼看著兩位工程師。

他開口，用決斷的語氣說：

「很醜。」

諾吉耶嚇了一跳，而科奇林開始辯解：這座塔有四隻腳，所以可以……

「四隻、六隻還是十二隻，我都不管。很醜就是很醜！」

那兩個男人不再有任何動作。他們不但覺得訝異，也覺得受到羞辱。昨晚才接到龔帕農的緊急電話，要他們再提一次去年被艾菲爾否決的鐵塔專案計畫，所以他們趕忙做出這個模型。

「我的朋友啊，這可能會是你們人生中最好的機會喔。要是古斯塔夫．艾菲爾看上眼的話，你們就會有大筆財富進帳！」

他們於是通宵趕工，精心打造這座漂亮的金屬建築，然後在第二天早上的最後一刻，也就是艾菲爾建築公司的老闆走進公司大門時，擺在他的辦公桌上。

結果，他們的苦心就這麼化為烏有，只因為這個簡短的形容詞：「很醜」！

艾菲爾的辦公室四周環繞著玻璃窗，就像一座水族館一樣。科奇林與諾吉耶的同事在兩旁的房間裡待命。他們雖然面對著平面圖、圓規和一堆算數，可是眼睛卻不時偷瞄那間辦公室的動靜。這時，科奇林克服了膽怯，繼續報告：

「我們已經計算過了：我們應該可以蓋到三百公尺那麼高……」

諾吉耶也幫忙說話：「華盛頓紀念碑也才一百六十九公尺高。」

這番話反而惹惱了艾菲爾。在他眼中，這兩個人就像是為自己做了蠢事辯解的孩子。家裡的阿勒伯和艾蘭婷兩個孩子，還比他們更像大人呢！

「所以是怎樣？是在比誰蓋得最高嗎？」

「是！而且如果是我們的話又更好了！」

艾菲爾定睛望著科奇林，心中的感受既是不悅又覺得有趣。他向來喜歡別人挑戰自己，就怕面對那種平淡無趣的討論。只是科奇林的雙腳開始發抖，說話也結巴了：

「我說的……我們……是指法國……」

艾菲爾格格笑了起來，說：「法國，當然是為了法國啊！」

科奇林像是被激勵了，他走近那個模型，指著中間部分說：

「我們都認為第一層不會太容易，可是一旦完成之後，剩下的部分就跟小孩的遊戲沒什麼兩樣了。」

艾菲爾一聽，覺得興致來了。或許能用這片像蜘蛛網似的東西做點什麼吧。他的腦袋又開始投射、計畫、盤算了起來。只是當他把這個東西擺到皮托市的塞納河邊時，那個畫面又讓他無法說服自己。他轉身望向正背靠玻璃站著的龔帕農，畢竟是他召這兩個工程師上戰場的，不過他完全無動於衷——他太明白艾菲爾會怎麼想：他總是不斷地與自己、與他的懷疑和矛盾抗爭。而加拉比高架橋、赫羅納橋、瑪麗亞．皮亞橋、庫比札克橋、蘇樂福高架橋、凡爾登站[7]，這些都只是艾菲爾與自己勇氣較量的結果。要是這座鐵塔注定有存在的一天，就要選擇另一條路來走。

然而當古斯塔夫・艾菲爾拿起模型交還給兩個工程師的時候，龔帕農感覺自己的信心碎了一地。

「太僵硬了！一點都不神祕，也沒有魅力。天啊，我雖然求的是技術，但是我也要浪漫！我們要讓人感到震撼，也要為人帶來幻想。把你們的鐵塔收起來，回去工作！」

科奇林與諾吉耶面如死灰。其他人同情地看著這兩個男人，他們帶著被退回的作品，宛如苦修的修士一樣黯然離開老闆的辦公室。

龔帕農拉來一張椅子，重重地坐下。他說：「古斯塔夫，你太嚴格了。」

古斯塔夫・艾菲爾整個人深陷在思緒當中。他拿著筆，在面前的一大張紙上，潦草地撇著一些形狀和線條。

「嚴格的人並不是我，而是時代。競爭向來激烈，我們不該落後。我們這一行又不是整天在幻想！」

---

7 加拉比高架橋（Garabit）、赫羅納橋（Gérone）、瑪麗亞・皮亞橋（Maria Pia）、庫比札克橋（Cubzac）、蘇樂福高架橋（Souleuvre）、凡爾登站（Verdun）。

龔帕農一聽便明白艾菲爾只是說說而已，心裡根本不是這樣想。沒有了他的夢想、他的遠景，就不會創造出那麼多的作品。大家不都稱他是「鋼鐵詩人」嗎？可是艾菲爾就是拒絕通俗。

「好的計畫，就是我們懂得做的東西，像是有用的東西、屬於大眾的東西……」

「而且在我們身後還會長存的東西……古斯塔夫，我知道。」龔帕農替他把話說完。他知道這是古斯塔夫．艾菲爾的座右銘。

艾菲爾知道他又要開始囉唆了，於是以微笑表示同意他的話。將心思與想法牢牢接合，就像將兩片金屬結合在一起那般，便是想法生成的唯一方式。

艾菲爾接著又說：「你已經去問過了嗎？」

「問什麼？」

艾菲爾不喜歡和他對話的人抓不到他的想法，就算他自己沒把話說清楚也一樣。

「就地鐵啊。我跟你說的是地鐵……」

「那很複雜。巴黎市與政府沒有共識，還彼此反對，所以那個計畫就凍結了。」

可是對艾菲爾來說，這並不會成為阻礙。他曾經得與洪水、暴風雨和懸崖峭壁對抗，因此行政部門之間的爭論不足以阻擋他前進！

「這個計畫的決定權在哪個部門？又是誰主導世界博覽會的計畫？」

「是貿易部長。」

「愛德華．洛克伊？那找他就好了。」

艾菲爾有的時候很天真，他實在太習慣由龔帕農替他做好準備工作了。

他起身走到位於辦公室另一側的衣帽架旁，在那裡欣賞起窗外的風景。儘管下著雨，他的公司依然喧囂不已：工人搬運著金屬梁柱、建築師在辦公室間穿梭奔跑、供應商的馬車急匆匆地到來……彷彿所有的一切都在追著時間跑。

他經常告訴他們：「永遠都要提前一秒鐘，就連睡覺也一樣。」他有許許多多的座右銘，「不該落後！」也是他常說的話。孩子們都受夠了他一堆的原則與格言。

克萊兒時常說：「爸爸，讓我們喘口氣吧。」她並不怨他，因為溫柔向來不是他的強項，但是克萊兒知道他有多麼愛她、愛他的家庭（這是他的基礎與支柱）；艾菲爾是個要求很高的男人，尤其是對於他自己，這就是為什麼他從來不會不知所措——與貿易部長會面？那有什麼難的！

他從大衣口袋裡抽出一份報紙攤在辦公桌上，指著某篇文章底下的署名說：

「是他！」

龔帕農戴上夾鼻眼鏡。那是一篇關於世界博覽會的文章，而作者似乎對於這個主題相當瞭解。

「這個人是誰？」

「你認得署名的這個人嗎？」

龔帕農將腰彎得更低一點。

「安東．德黑斯塔？對，我認得。他是很有名的專欄作家。」

「以前我們一起在聖巴比堡念高等學校預備班。」

「你們認識？」龔帕農很驚訝地問道。

「我不知道是不是同一個人，可是這個人我覺得好像跟部長很熟。」

龔帕農點點頭。他拿起報紙詳細地讀著那篇文章。

「這個呢，我可以跟你保證，德黑斯塔的消息可是比其他人還靈通。他是名副其實的包打聽。連政府高層都畏懼他三分。應該是他知道太多人的太多祕密了……」

龔帕農的內心浮現了一股隱約的恐懼。他小心翼翼地折起報紙後又坐回椅子。

「你們兩個人很熟嗎？我是指，你們是朋友嗎？」

艾菲爾再次轉身看向窗外。在雲層間，他看見了年輕時期的影子。他和德黑斯塔熟嗎？可以這麼說。那些尋歡作樂的日子、學生時代的輕狂、無眠的夜晚，是多麼地熟悉。

「我們都喜歡女孩和啤酒。」

他覺得眼睛變得熱熱辣辣的。他舔了舔嘴唇。

「我們甚至會帶去宿舍……」

「女孩嗎？」

艾菲爾大笑。

「不是。和女孩子是在外頭見面……」

龔帕農的耳朵已經聽不進艾菲爾說的話了。不管這兩個老同學能夠做什麼，他只對讓他們再次見面有興趣，尤其是今天。

「好，這個我會替你安排。」

6

一八五九年，波爾多

午餐的餐點非常美味，氣氛輕鬆且融洽。艾菲爾憶起了他的父母當年帶他到第戎（Dijon）幾位有名望的中產階級家用餐的情形。出席那些餐會對他來說可真是苦差事，不但得忍住想打呵欠的衝動，還得忍受那些戴面紗、自命不凡的婦人跟他大談刺繡與園藝之類的無趣話題。可今天就不一樣了。路易．布爾日喜歡和年輕人在一起，喜歡享受生命。艾菲爾發現他每天都招待親近的人和朋友吃飯。這一天，大約有十二個人，都圍坐在這張有美麗花朵裝飾的大桌子前。布爾日以參議員的身分坐鎮，而他妻子在另一旁默默地親切照顧眾賓客。這位舉止相當做作的棕髮女士看起來比實際年齡年輕許多，儘管她努力表現得不著痕跡，可舉止間還是透露出順從女人那種不自然的拘謹。幾個順路到訪的朋友——其中包括在入口處遇見的那對夫妻——感覺相當自在。然後是亞提安娜，也就是那位貓眼仙女。

她坐在艾菲爾的對面，可是那張桌子實在太大了，她只能一直跟旁邊的人說話，就算發現艾菲爾想要抓住她的目光，也不得不假裝沒注意到。餐桌上，那位大家長藉著隨意拋出一些話題，帶著大家一同聊天。

當蘆筍端上桌的時候，這位先生逕自對艾菲爾說：「今天早上您的表現真的很棒。竟然在水流湍急的情況下，跳進了加龍河！」

坐在亞提安娜旁邊的那位男士聽完之後，輕蔑地咯咯笑出聲來。像他這樣的紈褲子弟，艾菲爾經常見到。

「沒那麼誇張！這個季節的水流並不強啊。」

布爾日呵呵地笑著說：「埃德蒙啊，那你就頂著你那梳得油亮的頭，我們加龍河邊見。艾菲爾可是毫不猶豫地就跳下水喔！」

埃德蒙被教訓了一頓之後，滿臉通紅。他本來想回嘴，可是亞提安娜完全不給他機會。

她望著面前的工程師說：「您跳進了加龍河嗎？看起來這件事除了我之外，大家都知道呢……」

女孩說完這幾句話之後便打住，過了一會兒才又語氣熱切地說：

「說給我們聽吧……」

艾菲爾心想：「又一個新的考驗。」全身肌肉開始繃緊。他覺得跳進冰冷的水中救人，比為了滿足這群期待刺激的人而充好漢來得簡單多了。尤其是，在這個注視著他的女孩面前，他不尋常地怯懦了。

他清了清喉嚨，開始說：「我們缺鷹架。這麼說好了，我們的工人比木板多，而我們現有的木板也不夠寬。今天早上，我的其中一個工人就掉進了水裡。」

亞提安娜重複了這一句話：「您的『其中一個』工人？」

艾菲爾接著以自己都沒料到的得意口氣，回答他是負責搭建金屬天橋的工程師。

在場的人一聽，恍然大悟：他們終於懂了！現在他們知道了，城裡所有人都關注的那處工地裡頭興建的建築，原來木材是由路易．布爾日負責供應的。

「一條金屬的花邊，」在大花園裡遇見的那位伯爵說：「我有看過，真的很不可思議呢。」

一個坐在亞提安娜附近的年輕女士則反駁，她覺得那道金屬天橋非常醜。

這時，布爾日直接了當地表示那很新潮，而且是市長的選擇。

女主人瞇起眼，心有警戒地觀察這位「意外的訪客」。古斯塔夫．艾菲爾察覺到這位女主人的殷勤好客底下，其實掩藏著一股敵意。
「對一個年輕工程師來說，確實是一件很了不起的作品。」
「太太，那並不是我設計的。我只是負責進行工程而已。」
布爾日嘟噥著：「而且還很新潮呢！鮑威爾跟我說過，這個年輕人利用液壓千斤頂發展出一套革命性的做法。」
眾賓客的神情逐漸黯淡了下來，這些工程細節開始令他們覺得無聊了。他們肯定比較想聊年初時在倫敦開始出現的幻象，或是一月時拿破崙三世的刺殺行動所造成的後果吧？整個法國已經很疲累了，結果談的是液壓千斤頂……
只有亞提安娜認真地看著艾菲爾，整個人聽得入神。她本來想開口回應，卻被她母親搶先一步：
「這些紫蘆筍是當季第一批採收的哦。」
大家開始享用蘆筍，臉上盡是滿足。
「呃，再跟我們解釋一下！」亞提安娜仍然堅持想聽，彷彿坐在這張桌子前的只有他們倆。
布爾日夫人想要打斷他們，但她的丈夫朝她做了個嚴厲的手勢，接著轉身對著艾菲爾，請他說話。

「那是一種非常簡易的系統，」他開始說，同時也慢慢找到了自信：「這種系統可以讓橋墩穩固地紮進河床中，讓橋梁儘管金屬結構輕巧，還是能夠穩固。」眾人的關注眼光很快就消散了。亞提安娜立刻出手相助。

「所以您是工程師？」

「是的。」

「您什麼都會蓋嗎？」

「不是什麼都會蓋，但是會蓋的東西不少……」

艾菲爾略微停頓了一下，從剛才便在一旁跺腳的埃德蒙抓住這個機會，以奸詐的口氣問：

「那麼你在哪裡學游泳啊？」

其他賓客一聽，精神都來了。

「在巴黎的聖巴比堡中學。」

「你怎麼會在那裡？」

「念巴黎綜合理工大學的預備班，不過後來錄取我的是巴黎中央理工學院……」

這些經歷令埃德蒙感到厭煩。他語氣更加嘲諷地問：

「所以中央理工學院找的是泳將？」

艾菲爾在別的時候會對於這種爭吵感到厭煩，可是亞提安娜似乎會把他說的每個字都認真聽進去，他可不要在埃德蒙旁邊相形失色。

「坦白跟你們說，急救的考試很不順利，因為我該救的那個人溺水，結果死了。」

眾人瞬間身體打直，不解這個年輕人為何要提這個。布爾日皺起了眉頭。

「可是幸好他們注意到我跳水。我的手臂可是有認真地打直呢，所以他們錄取了我……」

眾人的尷尬再也藏不住了。布爾日夫人臉上沒了笑容。她的丈夫吃著蘆筍，同時注意著賓客的反應。

此時，亞提安娜爆出笑聲，這具有穿透力、像銀鈴似的聲音緩和了氣氛。艾菲爾感覺自己就像個失去平衡的走鋼索特技員。

布爾日說：「真有趣。」他一口吃掉了兩根蘆筍，又說：「我們這位工程師真是妙語如珠啊。」

亞提安娜輕蔑地看著身旁那個被教訓一頓的男人，說：「而且還讓埃德蒙閉嘴。您確實是當代英雄啊！」

艾菲爾知道自己贏了。他待笑聲停歇之後，趁著這如同曇花一現的光環加身的時刻，說：

「布爾日先生，鷹架不夠大，所以早上才會有工人掉進河裡。我們真的需要多一點的木材……」

亞提安娜也說話了：「爸，要是多給一點木材就能拯救生命，那你也可以成為英雄。」

布爾日雙頰被食物塞得鼓鼓的，快活地表示認同。這時，所有人似乎開始為這件幾乎不用花錢就可以做到的善事而開心。

但艾菲爾，他的眼裡只看得見亞提安娜。

7

一八八六年，巴黎

沒有什麼比學生時代的友誼更有價值。那些友誼能夠從人與人之間的嫉妒、怨恨與歲月的創傷當中倖存，而且隨著時間過去，依然能夠保有一種當人生有成之後就永遠也遇不上的單純情感。當我們還是塊璞玉之時，什麼都能夠接受。我們尋找自己，尋找對方，尋找他人，而這過程也會因為像是擁有各種可能而充滿樂趣。我們還可以把年輕無經驗當成藉口，並且從中獲取好處。至於是什麼樣的好處？對於安東・德黑斯塔與古斯塔夫・艾菲爾而言，是嘗盡了各種樂趣——不過，他們兩人當時都是用功讀書的年輕人。在一八五〇年代初期，為了準備進入綜合理工大學所需投注的心力相當驚人：申請進入這間名校的人來自法國各地，因此競爭相當激烈。聖巴比堡的預備班並不一定是最好的，但是收了這個乳臭未乾的十八歲第戎小伙子，也足以讓他的家族在第戎這個地方大大出了鋒頭。

他媽媽說：「兒子去巴黎了。他去念綜合理工大學！」

他爸爸會糾正：「他去念綜合理工大學『預備班』。」

可那些市場商販、葡萄園主人哪會知道有什麼不一樣，所有人都尊敬艾菲爾夫婦，無論他們說什麼，大家一定都會相信。艾菲爾夫人是家裡的一家之主，在談煤礦的價格方面，她總是強勢不留情，也因此打造出一個貨真價實的小王國。而艾菲爾先生，曾經在拿破崙的軍隊裡接受教育，學到了順從的學問——從此以後，他的妻子就是他的皇帝。古斯塔夫．艾菲爾從他們身上學會尊重做得好的工作、承諾與努力，也遺傳到了雄心壯志——尤其在一個女性經常只能被限制在廚房與會客室的時代裡，他的母親讓他的雄心壯志更加堅定。不過，唯一讓第戎人擔憂的一件事，就是他們的姓氏。第戎人都知道，雖然這家人在外自稱姓「艾菲爾」，可是真正的姓氏是「波尼豪森」。他們從上一世紀便定居法國，但這並不能抹去他們來自於德國萊茵蘭[8]艾菲爾山區[9]的事實，所以這一家人和他們不一樣。這個，也是他們之間的差異所在。

艾菲爾（本姓「波尼豪森」）一家人卻將這種差異化成了優點，甚至藉由這個特點而更強大（也不得不更強大）。艾菲爾先生知道自己總有一天會正式改姓，因此他們一家人從來不去做些會引人猜疑的事，所以不致招人攻擊；而古斯塔夫．艾菲爾從少年時期在學業方面的優異表現，更證明了他在種族融合下所擁有的優良血統。他必須比法國人更法國人。

話說回來，他真的很優秀嗎？以第戎人來說，這是當然了。古斯塔夫．艾菲爾為了準備考試，的確是下足了苦心，不過，一講到他與朋友安東．德黑斯塔在聖熱納維耶芙的酒館共度的那些夜晚，就無法說他是個勤勉向學的人了！在那兩年，他是不是每天只知道睡覺？他自己也說不上來。唯一記得的，是在黏答答的被窩裡迷糊醒來時，身旁的枕頭上，那些被秀髮覆蓋、讓他完全沒印象的年輕面容。當時的他們喝酒尋歡、與女孩享樂——那是喜悅、是瘋狂、是青春，是充滿各種可能性的年紀。他被過度保護了十八年，該是荒唐一下的時候了。而他在入住宿舍時認識的同學安東．德黑斯塔，就是他尋歡作樂的好玩伴。

漸漸地，這兩個人變得懶散，玩樂重重打擊了他們的理想。這個也試、那個也要的

---

8 萊茵蘭（Rhénanie）指德國西北部萊茵河兩岸的土地。

9 艾菲爾山（Eiffel）是德國西部一座由低矮的火山形成的山脈。

結果，讓他們分了心也迷失了自己。接著就是失敗的到來。當古斯塔夫．艾菲爾告訴父母自己沒考上綜合理工大學時，他們完全不願意相信。

「我筆試過了，但口試沒過……」

他沒說的是，考前那晚，他在卡蜜兒的雙腿間一夜沒睡。最後，這個在康特史卡普廣場邂逅的可愛女孩還得把他趕出門去考試。

「反倒是我錄取了中央理工學院……」

他的父母什麼都不想知道。他們的心中沒有中央理工學院這所學校。期望越大，失望也越大，尤其是他們要怎麼跟他們的鄰居、家族、附近的商家說呢？他們的兒子怎麼會來這一招呢？

古斯塔夫．艾菲爾是不是因此而對自己嚴厲起來了呢？他的正直、嚴格是不是來自於那片落入他母親眼中的陰影呢？那片需要多年才消褪的陰影，靠著橋梁、結構、天橋……卡特琳終於不再認為兒子是個不努力讀書的孩子。可就算人們在揭幕式時向她恭賀兒子的成就，她還是會嘀咕：「對啊對啊，他很有天分，要是他去念綜合理工大學的話，就不會……」

古斯塔夫．艾菲爾什麼也沒說。母親的眼光讓他很受傷，但是他心裡清楚一切都得怪自己。

「你是說你媽媽氣你嗎？」

安東．德黑斯塔真不敢相信。現在古斯塔夫．艾菲爾已經花了一個小時述說兩人自聖巴比堡分別之後，他的人生經歷了什麼，而那期間，母親卡特琳的嚴格也讓安東訝異不斷。

「我不再是她認識的那個孩子……」

安東聽完，噗嗤地笑了出來。酒館裡的空氣令人窒息。菸斗噴出的煙，酒精帶來的昏茫，人們互相擦撞，走路踉蹌，呼喚服務生，嚷著自己餓了、渴了，想要來根雞腿、一片烤肉或是一個女人。

他們兩個從一八五二年之後就沒有來過這裡了。

艾菲爾看了看四周，說：「沒想到竟然都已經三十五年了！」

「都沒有變啊！」安東邊說邊把他的第五杯啤酒喝光光。杯裡的啤酒是溫的，但是富含著回憶。

「有變啊。『我們』變了。」

艾菲爾撫摸著自己花白的鬍鬚。

「你還記得嗎，三十五年前，我們是這間酒館裡最年輕的……結果現在……」

安東．德黑斯塔下意識地將手心擱在頭頂上：他的頭已經禿了幾年了。

「現在，我們都是這裡的元老了。」

隔壁幾桌的學生以嘲笑的表情打量著他們。

「喂，老先生，你們在墮落啊？」

其中一個年輕人指著坐在自己膝上的小姐，說：「要不要一個借你？」

那名女子一頭紅髮，雙乳幾乎袒露於外，她從頭到腳打量著這兩個五十多歲的老人後，擺出貪吃的表情大喊：

「我可不反對喔。就跟山鷸肉一樣，有點腐臭的時候更好吃……」

那一桌的人哈哈大笑，而這兩位「老先生」看著彼此，聳了聳肩，無可奈何。難道當年他們沒這樣做過嗎？那是在法蘭西第二帝國之初，拿破崙操控整個法國，而奧斯曼[10]還沒將巴黎開膛破腹之時，但本質精神都是一樣的。迷醉是超越時代的、是永恆的；無論是拿破崙三世也好，或是險些顛覆法蘭西第三共和的布朗熱將軍也好，每個時代都有自己的偶像與代罪羔羊。學生依然是學生，但是只關心他們自己、他們的自由與快樂。

「安東那你呢？你這三十五年來都做些什麼？」

安東．德黑斯塔將身子往後躺在椅背上，吸了一口雪茄，臉上沒有太多表情。

「我沒有跟你一樣變成名人。我天生懶散，也一直都是如此。」

「這可把新聞工作定義得真好。」

這句評論逗笑了安東・德黑斯塔，不過他依然一派正經。

「一定是因為我家太有錢、太舒適了，所以我不需要奮鬥。我選擇輕鬆。我利用人脈、好臉色，加上懂人情世故，在政府部門的社交圈裡勾心鬥角多年，終於成為全巴黎消息最靈通的人。事實上呢，只有我老婆讓我覺得神祕……」

「你結婚了？」

「你怎麼好像很驚訝的樣子？對，我結婚了，而且很多年了。」

「你有孩子嗎？」

安東・德黑斯塔一聽這個問題，表情瞬間凝結。他咬著嘴唇，然後朝酒館老闆打個手勢，要他再端兩杯啤酒來。

他沒回答，反而問艾菲爾：「那你有嗎？」

「四個。」

---

10 奧斯曼（Georges-Eugène Haussmann, 1809-1891），法國都市計畫師，主持一八五二年至一八七〇年的巴黎城市規劃。當今巴黎的輻射狀街道網絡的型態即是其代表作。

安東．德黑斯塔再次皺起了臉。艾菲爾從他那悲傷無奈的眼神當中，看見了一股強烈的嫉妒隱約浮出，很快又消失不見了。

「有四個小孩應該很棒吧。那他們的媽媽呢？」

輪到艾菲爾身體瞬間僵直。安東．德黑斯塔看見他的臉色發白。

「瑪格麗特已經過世九年了……」

久久的沉默不語。這兩個男人心裡都覺得尷尬。這個中斷的片刻，這個兩人互相羨慕、互相嫉妒的片刻，令他們不自在，也明白了原來彼此都背著十字架。

最後，安東．德黑斯塔彷彿覺得該打破這片沉默，他以拳頭敲起桌子。

「三十五年，我的老朋友，三十五年了啊。」

「還是那麼多的泡沫。」艾菲爾笑著一口氣喝光了酒館老闆剛端來的啤酒。

隔壁桌再次響起了笑聲。那群年輕人一起以怪聲高唱〈結束視察〉這首歌。

艾菲爾擱下了大啤酒杯，眼神呆滯。啤酒讓他回到了現實。他來這裡並不是想重溫往事，也不是想重回年輕時光。他，是古斯塔夫．艾菲爾，優秀的艾菲爾建築公司創辦人，而他與這位名叫安東．德黑斯塔的記者見面，並非出於偶然。

「你認識愛德華．洛克伊嗎？」

這個問題，以及他的老同學質問的語氣令他感到驚訝。

「貿易部長嗎？對，我認識。我甚至和他很熟。」
「那太好了！」
「為什麼問我這個？」
「我需要見見他，而且越快越好……」

8

一八五九年，波爾多

艾菲爾的魅力很快就消失了。用餐結束之後，所有賓客便立即走到花園，而財富地位相等的人，自然就聚在一起了。布爾日和他的妻子說話；伯爵牽著伯爵夫人的手；埃德蒙貼在一名年輕女子的耳邊說悄悄話，她的笑容裡帶著些微的恐懼。就連亞提安娜也變回了主人家的千金，對每個人微笑，稱職地扮演著教育與習慣所賦予她的角色。

艾菲爾並不怎麼訝異，他知道這個階層的人就是這樣。他在第戎的時候，總喜歡去老貴族家，他們雖然已經家道中落，但是仍然保有承自過往的禮儀。而中產階級就像是急於標示自己的地位，不僅粗野、笨拙，態度甚至加倍輕蔑，似乎怕人忘記他們的祖先出身低下。

艾菲爾覺得自己該離開了，反正他的任務也已經達成：布爾日願意提供更多的木材給他們。

只是，他為了亞提安娜難以捉摸的態度而有些沮喪；她似乎沒把他擺在眼裡，單純當他是個供應商而已。

他心想：「這個女的，只不過是個普通的長舌婦、傻大姐吧。」同時朝向站在遠處的布爾日輕輕揮了揮手道別。

布爾日先生忙著與伯爵夫人聊天，連過來和這位「意外的訪客」致意的時間都沒有。他就只是輕輕地點個頭，便繼續聊天，沒有要這個工程師留下來的意思。

艾菲爾不開心地轉身就走。那些賓客全都在冷落他，因此沒有人注意到他的身影朝著公園出口逐漸遠去。

當他走到柵欄的時候，感覺有人踩著砂礫跑過來。

「您要走了嗎？」

亞提安娜氣喘吁吁地問。

「我回工地去。」

回應的口氣很粗暴，她聽了頗為訝異。這個人為什麼突然變得這麼冷淡？連向她道別都沒有。她生氣地回嘴：

「當然囉，我都忘了有的人需要工作。」

回嘴回得這麼輕蔑，也就沒有了殺傷力。接著，亞提安娜突然靠近艾菲爾，做出意外的舉動。

因此當她抓住艾菲爾的手時，這個男人不禁抖了一下。

「我的生日，您來不來？」她問。

古斯塔夫根本沒想到她會這麼問！他來不及思考，只能回答不知道。

「別擔心，您不會被冷落的。那裡會有木頭和金屬。」

這口氣挺沒禮貌的。艾菲爾緊張地悶聲一笑。

「那會有桌子和餐具嗎？」

「當然也有。」

「那我會去。」

亞提安娜完全藏不住喜悅。

「那麼下星期日下午四點見了。」

古斯塔夫問：「埃德蒙也會在嗎？」臉上的笑容顯得有些尖酸。

女孩神情茫然地說：

「埃德蒙？誰是埃德蒙？」

古斯塔夫有股想吻她臉頰的衝動，於是硬是逼著自己趕快越過柵欄。

「亞提安娜，星期日見了！」

當他轉過身時，亞提安娜一個箭步走到了他的面前。她的輕盈靈巧不見了，還讓人覺得害怕。

「今天早上的時候，我也在那裡。」

古斯塔夫一時沒聽懂。

「哪裡？」

「我剛好經過對岸。您的工人就是對我吹口哨才掉進水裡的。我看到您跳下去救他。」

接著，她什麼也沒說，便跑回了賓客那邊。

9

一八八六年，巴黎

「嘿，搞定了。安東・德黑斯塔幫我安排了跟洛克伊見面。」

「見面？」喬・龔帕農問。

「不止，還要吃飯！就在明天晚上。」

這位合夥人幾乎藏不住內心的興奮。

「喬，別激動，桌子在搖了……」

艾菲爾的頭抬也沒抬。他像這樣忙著一頁又一頁地簽名、核對收據、確認訂單、送貨單、平面圖、看明細，可說是常有的事，速度甚至越來越快，因為他一心只想要擺脫這些煩人的事。

「古斯塔夫，慢一點，你的簽名潦草到讓人看不懂。」

簽完了最後一頁，古斯塔夫．艾菲爾整個人猛然往後仰，就好似被狂風迎面撲襲。

龔帕農這時看清楚了他的臉：瘦削、僵硬、雙眼充血通紅。

「是這一整天從早上開始就讓人看不懂……」

說完，他將手帕在水杯中浸濕後，拿來摩挲著太陽穴。龔帕農很少看見他這個樣子。

「你和德黑斯塔兩個老朋友見面，該不會玩得太開心了？你們玩到很晚嗎？」

「玩到很晚？你是說玩到三更半夜?! 我已經不是二十歲的年輕人了。我覺得酒館應該禁止像我這樣的老傢伙進去。我都已經五十四歲了，早就過了那個年紀……」

喬．龔帕農開心地笑了，可是艾菲爾的臉色十分黯淡。

最後幾個進入公司上班的人當中，有一個步伐輕快但有點笨拙的年輕人，一直在他的辦公室附近徘徊不走。艾菲爾一看見他，便打手勢要他進辦公室。

「啊！新同事！去幫我找小蘇打來！」

這個「新同事」臉都紅了。他喃喃地說：「好的，艾菲爾先生。」而後到大樓裡的藥局去。

與此同時，克萊兒突然衝進她父親的辦公室，在他面前坐下。

「爸，我想和你談談……」

此刻任何一點動靜，都會引起她父親偏頭痛。她看著父親無力地喃喃自語：

「好的，我明白，你想要結婚……」

克萊兒如釋重負。她朝龔帕農眨了個眼，龔帕農也坐了下來。艾菲爾忙著按摩自己的頭，什麼都沒注意到。他閉著眼，發出了如老貓般的呼嚕聲。

「結婚……連要跟誰結婚都不知道……」

當他重新睜開眼睛時，身子不禁向後晃了一下。那個「新同事」正站在他面前，手裡端著的盤子上擺著一個金屬水杯和一個玻璃水瓶。艾菲爾覺得這個「新同事」徹頭徹尾就像個服務生，而「新同事」則是顯得越來越侷促，因為這個片刻在沉重的靜默中不斷地延長。

艾菲爾想要知道：「克萊兒，誰是那個幸運兒？」

「是阿爾道夫啊。」

克萊兒說得理所當然，可艾菲爾完全抓不到頭緒。

「阿爾道夫？我不認識哪個叫阿爾道夫的人……」

龔帕農忍住大笑的衝動，因為那個「新同事」保持同樣的姿勢，一動也不動地站著。

克萊兒彷彿要將她父親從催眠中喚醒般的，在他面前彈了下手指，說：「阿爾道夫．沙仁。」

古斯塔夫．艾菲爾從淡漠轉為憤怒。

「我不知道這個阿爾道夫．沙仁是誰，而且那個姓氏也不好聽，你看，沙仁太太……」

龔帕農現在應該憋笑憋到快窒息了吧，尤其是艾菲爾裝出假音，用各種語調說「沙仁太太」。

「爸爸，不要這樣……」

艾菲爾瞭解女兒，她雖然很溫柔，可是兇起來還是會像頭母老虎。此時她關心的並不是她父親，而是這個面色通紅，一直以同樣姿勢不動的可憐新同事。

艾菲爾注意到這個新同事的存在了。他拿起水瓶和水杯，一口氣喝完之後，朝那個新同事抬了抬下巴。

「這個人怎麼還站在這裡？」

「爸，就是他……」

「他？哪個他？」

這一天實在太難過了。要是整個世界都想要玩猜字遊戲，艾菲爾寧願回家睡大頭覺！

克萊兒指著新同事，強調就是他。

艾菲爾抬頭望著這位新進員工。

「欸，您是誰？」

「阿爾道夫。」

「您也叫阿爾道夫？看起來今天每個人都叫阿爾道夫……」

這個場景實在太荒謬了，真到最後，艾菲爾終於明白他誤會了。

「這個新同事？」他打量著這個阿爾道夫．沙仁：「你想嫁給這個新同事？這……這是為什麼？」

這個問題是那樣地真誠、那樣地讓人生不了氣，以致於所有人都啞口無言。克萊兒換了一種溫柔的口吻跟她爸爸說話。這一招對他向來有效。

「爸，如果我跟你說，我愛上了某個人，你就會雇用他來測試他的人品，對吧？」

龔帕農在旁邊附和：「一定是的。」

「那我們可省了不少時間。阿爾道夫在你這裡工作已經七個月了……」

艾菲爾驚訝得瞪大了眼。

「她怎麼這麼邪惡？」

聽到他這麼評論，阿爾道夫不禁露出了笑意。古斯塔夫輕推他一下，他手上的盤子跟著晃了。

「您知道您要娶的是魔鬼吧？」

在場的人一聽，全僵在那裡，過了一會兒才爆出笑聲。這個阿爾道夫到底是誰？又從哪兒來的？他的父母是做什麼？尤其他會是個好丈夫嗎？艾菲爾有的是時間，可以好好認識這個人。因為只要是克萊兒「真心想要」的東西，他就只能接受——就這一點來看，她真的是爸爸的寶貝。艾菲爾拍著手心。

「嗯……新同事……女婿……隨便啦，您知道白蘭地放在哪裡嗎？」

「知道，老闆。」

「結果他叫我老闆耶！那麼去拿過來，順便再拿三個杯子。應該要來乾一杯，不是嗎？」

克萊兒走上前緊緊地摟住她父親，像個小女孩似的親吻他的臉頰。

「我快被她給勒死了！不過今天你們還真的整死我了。我明晚還得去貿易部見人呢。」

接著，他雙眼呆滯，如同哼著兒歌般喃喃重複著：「沙仁太太……克萊兒．沙仁……實在很難聽……」

10

一八五九年，波爾多

古斯塔夫．艾菲爾花了不少時間尋找那間溫室。走到大花園的另一邊，越過那座蔬菜園之後，有一座面積明明很小，看起來卻出奇深邃的小樹林，彷彿只要繼續往裡頭走，就會進入一大片森林。而溫室就位於這座小樹林的邊緣。草地中央有一架鋼琴，五十多名年輕人就在琴音裡歡笑、跳舞，或是躲到一旁講悄悄話、喝香檳、享用管家擺放到餐盤上的小糕點。他們顯然早就已經到場。艾菲爾開始怪起自己未能準時。

「艾菲爾！」

是亞提安娜，親切地朝他大聲呼喚。她剛跳完舞，正氣喘吁吁地往他這邊走來。幾名賓客跟著轉過了頭，訝異地看著那張陌生的臉孔，隨即又繼續他們原本的談話。

亞提安娜把途中順手拿的一杯酒遞給古斯塔夫・艾菲爾。

「工程師先生，我以為您會早點來呢。」

艾菲爾皺起了眉。他就是沒辦法遵守這個世界的規則。

亞提安娜看得出他的不安，於是安慰他：

「古斯塔夫，我是開玩笑的啦。這是一個大家做什麼都很自由的聚會。」

「要工作也很自由。」他話才一說完便立刻為自己的一板一眼感到懊惱：「我過來這裡之前，先去了工地一趟。」

亞提安娜卻露出詫異的神情，她是發自內心的驚訝：

「今天是星期天耶？」

一個聲音從遠而近：「一定是有個溺水的人要救。」

艾菲爾認出了埃德蒙的聲音。這個傢伙打算過來報一箭之仇，而且還有可能得逞了：看看亞提安娜，她被埃德蒙的俏皮話給逗得哈哈大笑，還一左一右地拉住這兩個男人的手。

「古斯塔夫、埃德蒙，今天是休戰吃甜點的日子。」她邊說著，邊將他們帶到菜色極為豐盛的餐台前。艾菲爾難得看見如此大量的美食，而且還沒有人碰過，就好像那些餐點只是純粹裝飾而已。

古斯塔夫．艾菲爾遠遠看見布爾日先生站在草地上，與一對年長的夫妻說話。在某個當下，布爾日看見了「他的」工程師。他瞇起眼想要看個清楚，可還是模糊不清，於是聳了聳肩膀，繼續說話。

對艾菲爾而言，布爾日記不得自己是件好事，因為他是為了亞提安娜而來的。

突然間，音樂停止了，所有人開始四處張望。當鋼琴師瘋狂賣力彈奏起〈天堂與地獄〉時，整個場子的氣氛似乎開始熱烈了起來。亞提安娜抓住艾菲爾的袖子用力一拉，讓他差點被香檳酒潑滿全身。

「你也來吧！」

她不再用「您」尊稱他，讓他不禁激動了起來。

約莫十五個年輕人繞著排成一圈的空椅跑。古斯塔夫記得這個孩提時期玩過的大風吹遊戲，可是他沒想到會有成年人把這個遊戲當消遣。他看著亞提安娜，同時加入了遊戲。每個人的距離近得可以碰觸到彼此的身體。

當音樂結束的時候，大家衝向空椅子。古斯塔夫剛好與亞提安娜背靠背坐著。亞提安娜瘋狂大笑。只見一個年輕人又是尷尬又是氣惱地站著。

「你輸了！」亞提安娜大喊。接著，所有人都站起來。有人撤走了一張椅子。

這遊戲玩了多久？古斯塔夫已經不管了。他寧願放任自己沉溺於這個稚氣而歡樂的氛圍之中。他已經有好多年不曾這麼輕鬆快活了。要是以前的他老早就走人了，可現在有亞提安娜在。她是這一天的重點；她就像是一位仙女，任何人被她的魔法棒一碰，就有了生命力。他們這些矯揉造作、油腔滑調的年輕人，就像這個一直嫉妒望著古斯塔夫的埃德蒙一樣，如同一具具機器人、蠟像。而亞提安娜擁有奉承者就如同其他人有著他們的娃娃：亞提安娜只需要一個眼神、一個笑聲，就足以讓這些奉承者興奮了起來。艾菲爾是否準備好接受一個不屬於他的世界——一個他從後門進入的世界——所存在的奇怪規則？可一切就是這麼自然發生了，不是嗎？有一天，我們的階級突然提升了；屆時，如何往上爬就不重要了，因為上面的風景很美，美到我們忘了攀高的辛苦。但是艾菲爾並沒有這些想法。他圍繞著亞提安娜打轉、跳舞，特意一直待在她的身邊。當她跳上椅子坐下時，他就選她旁邊的椅子坐；當她的腳絆了一下，他會扶住她；要是她找不到像手帕、緞帶之類的東西，他就是有辦法在遊戲繼續的狀態下找給她。

每個動作都變成了溫柔輕撫。彷彿這個有些可笑的遊戲成了一扇大門，通往一座比這個中產階級大花園更芬芳、更神祕的花園。他甚至感覺自己是這場生日宴會裡唯一的賓客，彷彿亞提安娜的眼裡只有他。她那雙貓眼，那因為遊戲的跑動而讓人撫觸到的細柔肌膚，那奇特、有時甚至嚇人、讓人聯想起梅杜莎的笑容，那飾以烏木般秀髮的苗條年輕身軀，如同仙女……

當他再度快速坐上椅子時，心裡想著：「或是女巫？」

他有多久沒有為一個女人如此著迷了？艾菲爾一直忙於工作、不斷工作，但就在這麼一場宴會裡，他感覺重新找回了被學業給偷走的青春。而這種如空氣般的淨透，完全不是與德黑斯塔尋歡作樂的那些夜晚堪以比擬的。就在那瞬間，亞提安娜變得無可比擬，變成了獨一無二。

當參與遊戲的人變少，他們就得搶坐同一張椅子了。古斯塔夫．艾菲爾感覺自己又開始害羞了起來。他往後退開，讓亞提安娜搶到那最後一張椅子。

「古斯塔夫，我們兩個平手。您等我……」

她再次用「您」尊稱他。這場夢境結束了嗎？

他頹喪地後退了三步，接著彎腰鞠躬，就好像華爾滋結束時舞者所做的動作。有那麼一會兒，他們的眼神彼此緊緊相繫，彷彿她求他不要走，但是漩渦隨即將她吞噬。因此，她的笑只會顯得更美妙；她的臉龐只會顯得更美；她的身影只會顯得更加亮眼。

巴哈那邪惡的圓舞曲繼續演奏著，艾菲爾走到了餐台，在那裡撞見了布爾日。他大口吃著檸檬塔，嘴唇沾得黏黏的，這時總算認出了工程師。

「艾菲爾，您來了啊！」

「這宴會真棒。」

「很高興在這裡見到您。今天沒有去比賽游泳嗎？」

這些人的幽默啊，真是……

「星期日的時候，我會去釣魚。」他說著說著，又抓了一塊水果塔，同時比出甩鉤的動作。

布爾日臉上出現若有似無的微笑，自言自語地走開了：

「年輕人，玩得開心一點。好好把握……」

艾菲爾替他把話說完：「因為不會長久。」同時看著布爾日龐大的身軀走到草地上那塊專屬「親戚」的地方，和其他賓客在一起。布爾日太太還認得這個工程師。她眼睛看著工程師，同時對著丈夫竊竊私語：「是你約他來的嗎？」

布爾日聳聳肩，看起來像是這麼回答妻子：「完全不是。一定又是亞提安娜的鬼點子……」

「香草、開心果還是巧克力？」

亞提安娜額頭上滲著汗珠——那些汗濕貼在額頭上的小波浪捲真性感——她將三支

冰淇淋遞到古斯塔夫面前。

「不了，謝謝您。」他感覺到自己又開始不自在了。

「您不喜歡吃冰淇淋嗎？」

「不大喜歡……」

亞提安娜朝人群快速看了一眼之後，一邊將那三支冰淇淋丟進香檳冰桶裡，一邊忍住不讓自己瘋狂大笑，接著拉起艾菲爾的手臂。

「不愛冰淇淋的男人……那表示您是個嚴肅的人囉。」

「您不喜歡嗎？」

「喜歡啊！」她回答，同時把他拉到離餐台很遠的地方。

有那麼一刻，艾菲爾停下腳步，可是亞提安娜把他的手臂抓得更緊了。

「您會怕我嗎？」她問。

艾菲爾硬擠出笑容，但又忍不住檢查周遭，確認附近有沒有哪個東西會悄悄提醒他，這裡不是他該來的地方——不是他的世界，也不是他的人生——可是亞提安娜真的好漂亮，一臉充滿了真切的懇求。

最後，他說：「不，我不會怕你。」並且跟著這個年輕女孩的腳步，又說：「你知道的，我會游泳。」

亞提安娜笑了。原來的那個仙女回來了。

「來吧，再走一會兒，這裡實在太熱了。」

11

一八八六年，巴黎

安東・德黑斯塔渾身哆嗦，接著打了噴嚏。回音在公園樹木間橫衝直撞，整個人就像在森林裡迷路一樣。這可不是生病的時候！現在他已經在貿易部前的台階上來回踱步了二十分鐘。為了這場晚餐，他用盡各種辦法，動用了所有巴黎政界的人脈，才在最後一刻安排成功。這一切，全都是為了遵守在喝光三公升啤酒、茫茫大醉後所許下的承諾。他知道實在不應該還照著年輕時的樣子過活。

陰暗處突然竄出了一個穿著燕尾服、戴著大禮帽的影子。

原來是古斯塔夫・艾菲爾。

「啊，你終於來了！」

「抱歉，家裡孩子鬧著不睡覺……」

這個理由讓德黑斯塔很不高興，但另一方面因為大大鬆了一口氣，也就沒有對這位老同學感到不滿。

「古斯塔夫，你真的嚇死我了。部長都已經從官邸過來了。他和他的辦公室主任已經在裡面了。這可說是好事，甚至還可以說是大大的好事。」

艾菲爾三步併作兩步上了樓梯，熱情地與他的同學握手。

「那天晚上喝多了……」

「你說的是誰啊？」安東．德黑斯塔呵呵笑，問：「現在你緊張嗎？」

「沒有緊張過。那你呢？」

德黑斯塔的臉一亮。

「我生平最喜歡的時刻就是會面之前的那一刻。」

「那麼，進去吧！」艾菲爾在前，德黑斯塔在後地走入了貿易部大廳。

⚜

會客室寬廣得令人頭暈目眩。燭光照亮了整個空間。感覺溫暖的家具是會客室裡的裝飾。壁爐裡熊熊燃燒的柴火，映得那些家具的色澤更加金黃。

艾德華．洛克伊看見他們進門，便走上前迎接。他的態度和藹，臉上的白鬍鬚與他的笑容十分搭配。他將寬大的手擱在艾菲爾的肩上。

「艾菲爾，我終於和您見面了！」

「部長先生好。」艾菲爾回答。完全沒料到會立即獲得親切的對待，因此全身有些僵硬，尤其是洛克伊將手勾住他整個肩膀，以一種策劃什麼陰謀似的口氣說道：

「國防部長昨天向我大力稱讚您搭建的那些可拆卸橋梁呢。您知道嗎，這種橋梁對他們在越南的人來說很珍貴。」

艾菲爾才準備答話，部長就已經鬆開了手，走向另一位剛踏進會客室的賓客。啊，這就是社交……

德黑斯塔一臉嘲諷地看著眼前的景象。

他附在艾菲爾的耳邊說：「歡迎進入王子們的祕密裡。」然後抓住他的手，說：「來吧，我介紹你給大家認識。」

眼前一個又一個的男人看起來相像，皆穿著同一色系、佩戴同種勛章、蓄著相同樣式的鬍鬚、由同樣濃妝豔抹的難搞妻子相陪……艾菲爾想辦法記住這些男人的名字，但他知道這只是配合場面而已。當洛克伊的辦公室主任查爾斯．貝拿德對他喊出「喔，鋼鐵魔術師」的時候，他謙遜地低下了頭。

在那當下，他從會客室的鏡子中看見了自己，發現自己和其他賓客有著同樣的氣質、身型、鬍鬚，因此當所有一切都在模仿上流社會之時，摘去面具做自己又有何用呢？一個人總是會背叛年輕時的自己。

「這是我妻子……」

鏡中映出的身影完全佔據了艾菲爾的思緒，所以他沒有回頭看。從鏡子裡，他看見了一個身影出現。一個幽靈。為什麼是今晚？為什麼是現在？工程師需要保持頭腦清醒，可是那個幽靈就在那兒，就囚禁在鏡子之中，如同那些在林蔭大道旁販售的作假照片：照片裡，在優良的中產階級身旁，總有黯淡、無足輕重的小人物。

艾菲爾甚至得努力讓自己從這個幻象中抽離，將注意力轉到德黑斯塔的臉上，以免內心波動太大。

「安東，你剛說什麼？」

「我想要向你介紹我的太太亞提安娜。」

於是一切又開始搖曳，幻象也鮮活了起來。那個影子離開了鏡子，在他的面前幻化為人，帶著只有他才能注意到的尷尬，凝視著他自己。而他也盡力不讓自己顯現出任何訝異。影子與艾菲爾就這樣對面相視許久。此時，安東・德黑斯塔忙著仔細察看整間會客室，想要辨識出哪些人是大人物。要是其他人注意到了他們，任誰都會因為眼前奇異的這一幕而驚訝：兩隻蜜蜂在蜂巢裡維持繞圈的狀態，就如同龐貝城的居民永遠靜止在火山爆發時最後的動作一樣。

古斯塔夫·艾菲爾沒辦法說話；亞提安娜·德黑斯塔同樣保持沉默。只見兩人嘴唇顫抖，目光炯炯，身體僵直、疼痛。隨後，她伸出戴著手套的手，讓他笨拙地握住。他甚至看見她皺了一下眉頭，因為他那如幹粗活工人的手指刮了她的手指。

「上菜了！」

接待員呼喊的聲音，讓他們清醒過來。艾菲爾如同甩開燙手山芋般的放開亞提安娜的手，同時別過眼去，正巧看見了洛克伊，他熱情地靠近，將手繞過艾菲爾的腋下抱著：

「親愛的朋友，很開心您能夠來到我這裡。希望您會喜歡今天的小龍蝦。」

亞提安娜依然在原地不動。

當她的丈夫走到她身邊時，還得搖搖她的身體，讓她回過神來。

「你不餓嗎？」

「餓……餓啊……」

12

一八五九年，波爾多

亞提安娜與艾菲爾誰也沒說話地默默走了許久。鋼琴的樂音，隨即被鳥兒的鳴唱、森林的各種聲音、蕨類的竊竊私語，或是一陣溫暖的風吹撫過樹木所掩蓋。艾菲爾覺得舒暢多了。他一向偏好與人單獨面對面，只不過在工作場合沒這個機會，而且他也喜歡團體生活。他懂得如何管理工地、發號施令、進行裁決，可是只要事情變得關乎私密，他就失去了那些應對的能力，也會變得十分害羞。

「您這個人還真安靜。」

「我也可以這麼說您。」

她莫測高深地說：「我是女人，我和東西說話，不需要言語。」

「因為男人沒辦法這樣？」

亞提安娜停下腳步，背靠著一棵高大的松樹，抬眼望向接近樹梢的枝椏，說：

「看看埃德蒙：您以為他有辦法懂這地方的詩情畫意嗎？」

「埃德蒙不是個正常人，是個蠢蛋。」

亞提安娜微笑，然而卻有那麼一會兒皺起了眉頭。她很好奇地想要知道艾菲爾可以多放肆。

「您說的是真心話嗎？那我爸爸呢？您覺得我爸爸這個人詩情畫意嗎？」

「他不是詩情畫意，」艾菲爾想表達看法，但是卻越說越沒自信：「他是有錢。」

亞提安娜挺直了身子，臉上表情一暗，但隨即又展開笑容。見此，古斯塔夫心裡隱隱地擔憂起來。如果這場森林漫步是場陷阱怎麼辦？不過當亞提安娜恢復原來的活潑模樣時，所有的焦慮也隨之煙消雲散了。這女人真是令人好奇啊！而這一天也真是詭異……

「您說的沒錯，金錢會汙染一切……如果可以的話，我甘願沒有錢……」

艾菲爾不讓自己說出任何可能不適當或是會招致誤解的俏皮話，畢竟他對亞提安娜認識不深，所以只能盲目地摸索前進。現在，兩人肩並肩地坐在松樹底下。地上的蘚苔散發著春天與生命的氣息。

「拿去吧。」他從內側口袋掏出了一包東西。

亞提安娜好奇地接過。

當她發現原來是一本關於工程的專門書籍，完全藏不住內心的訝異。

「或許您比較喜歡一把扇子，或是一條手絹吧？」

她看著那本書，在翻開書頁之後，伸手拿下髮夾，用髮夾尖端在書頁上劃劃起來，嘴裡不斷唸著：「一條手帕……」

她花了不少時間擺弄著那本書，就像遲遲不敢打開珠寶盒察看裡頭的珠寶一樣，隨後皺著眉地翻開書，開始唸第一頁。當她讓某些專用術語、基本知識給難住了的時候，嘴角就會出現一條可愛的皺褶。

艾菲爾簡直要飛上天了。他從當天早上準備參加的這場聚會，除了眼前這個只在一頓午餐上見過面的女孩之外，沒有人期待他出現，然而他等的就是這一刻。此時，亞提安娜只屬於他一個人的。看著她辛苦地唸著這個章節，非常努力地專注在內容之上，這就值世界上所有的華爾滋了。更棒的是，這也比一個親吻還強烈、還稀有，因為這只屬於他們倆的，就像從葉片間穿透過的那道光，就像他們頭頂上那隻棲在第一根樹枝、正歌詠著重見陽光喜樂的鳥兒。

亞提安娜終於說話：「我很喜歡您送的禮物。」她將書擱在草地上，那些奇怪的字詞令她頭昏腦脹。

「真的嗎？」

「這個禮物非常與眾不同。就跟您一樣。」

「跟我一樣？」

「是的，您……很與眾不同。」

她孩子氣地冷不防往他臉頰上吻了一下。

艾菲爾因為這個舉動而全身無法動彈。剎那間，鳥兒啼唱得更響亮了，樹木沙沙地發出聲音，風兒變得和〈天堂與地獄〉曲子一般的和諧、激情。對於艾菲爾來說，所有的一切都煥然一新；亞提安娜就如同溺水者，伸手一把將他往河底拽，把他拉入了一個全新的世界——但他可不能溺水。此時，艾菲爾就像從未曾呼吸過一般的呼吸著，他感覺自己將整座森林的空氣吸進了肺裡。

他朝亞提安娜傾過身子，想要回吻她。他以為這麼做是理所當然的事。

可是亞提安娜的表情隱隱透出一絲的恐懼。她面色蒼白，奮力從他身邊跳開，接著站直身子，拍掉裙子上的泥土。

「現在我要生氣了。」

艾菲爾很沮喪，一句話也說不出來。他試著含糊說些藉口，解釋自己所想的是正常的，可是那些話到嘴邊就停住了。

這種無能為力的感覺令他絕望，看起來除了逃開之外，沒有別的解決辦法了。這就是為什麼他開始在樹林裡奔跑，心想或許能夠直接跑到大門口，總之，重點是不要再與這個女孩的眼神相會了。永永遠遠都不要！

亞提安娜同樣也心煩意亂。當她看見艾菲爾衝進蕨叢裡時，腦袋也冷靜了下來。

「等等！」

艾菲爾沒有停下腳步，整個人向著陽光繼續跑，最後消失不見了。

「亞提安娜！」在溫室一旁，有人呼喚她的名字。

她猶豫了一會兒才決定回應：「我在這裡！」

「切蛋糕了！」

「來了！」

亞提安娜對著一棵樹下的小水窪檢查自己的髮型亂了沒，再掛上一抹純真的微笑之後，跑回去吹蠟燭了。

13

一八八六年，巴黎

洛克伊並沒有說謊：他的小龍蝦真的很好吃。這位部長曾經在瑞士琉森的全國大飯店學藝，難怪會擁有大廚的好工夫。

而且看著這群穿著體面的高雅人士，姿態做作地雙手剝殼，還真是件樂事呢。這幾位賓客非常關注當日的熱門討論：到底下一屆世界博覽會要採用哪種紀念性建築物才最能尊榮法國。畢竟一八八九年是別具意義的一年，它是法國大革命的百年紀念，也是共和國的百年紀念。一個在整整一世紀之中遭受嚴重傷害的共和國：被波旁復辟重重地打了一耳光、遭遇兩個王朝、戰爭、圍城、色當戰役的慘敗等等，從而飽嚐羞辱。這就是為什麼這第三王朝應該偉大且有尊嚴地走出被欺凌的境地。這個泥足巨人需要一個能夠讓他當著世界的面，高聲宣示自己從此巍然而立的象徵。紅白藍三色的燦爛法國是盞明燈，也永遠都會是。

貝拿德提起了那個搭建巨柱的計畫，可是洛克伊並不認為可行。

「坦白說呢，一根花崗岩柱也太悲哀。我們都已經有了七月圓柱與凡登之柱了。」忙著享受龍蝦的賓客們同聲附和。

洛克伊揮手示意管家再添上名貴的紅酒，並且說：「得要再創新一點。要追求挑戰、氣勢……」

賓客們又一次表示同意，也對於酒杯再次斟滿感到開心。

從一上桌開始，艾菲爾就沒開過口。他的臉上一直掛著僵硬的微笑，手一直在桌上拖劃著，彷彿畫著一幅無趣的圖畫。德黑斯塔時而想要吸引他的注意，可是艾菲爾視若無睹。只有在與坐於大桌另一側的亞提安娜對上眼的時候，他的臉才會多了表情。儘管艾菲爾想要仔細看清她臉上的每道凹凸起伏，他還是要自己別盯著她不放。沒有人會發現到他內心的不安。對，沒有人。

「艾菲爾？」

古斯塔夫．艾菲爾驚跳起來，以為自己被看穿了。

「古斯塔夫這個人經常發呆呢，」安東．德黑斯塔尷尬地打趣說道：「因為老是往上蓋東西，所以他的心思都會飛向九霄雲外。」

眾人覺得這話說得風趣，又格格地笑了。只有亞提安娜覺得乏味，不悅地翻了白眼，但現場除了艾菲爾之外，沒人看見。

終於，艾菲爾開口回應洛克伊了：「嗯？部長先生？」

「德黑斯塔跟我說過，關於這個主題，您有很多點子……」

古斯塔夫．艾菲爾很高興有人分散了注意力。

「想必安東跟您說過，我是建造像倫敦或是布達佩斯那樣的大都會鐵路的擁護者。」

部長一聽，立即流露出失望的神情。他要其他賓客表態。

「應該沒有人會對『地鐵』有憧憬吧？」

在蝦殼的敲撞聲中，眾人一致同意。

「法國在色當戰役吃了敗仗之後，需要的是一個跟您做給美國人一樣強大的東西。」

此時部長以一種相當滑稽的方式高舉雙臂，把手中的酒杯當成火炬揮舞。

「自由女神像。多麼美妙的象徵啊！」

古斯塔夫．艾菲爾強迫自己裝出謙遜的樣子。

「部長先生，那是巴托爾迪的傑作。」

愛德華．洛克伊擱下酒杯，沉吟了一會兒，再端起酒杯一口氣喝光，眼神也多了分輕佻。

德黑斯塔反駁：「大家都知道那座雕像能夠站直，都是古斯塔夫你的功勞啊。」到此為止都還僅限於窸窸窣窣的耳語，直到洛克伊的妻子（年約四十多歲，眼神狡黠的女人）轉身問德黑斯塔夫人：

「亞提安娜，您的看法呢？」

艾菲爾嚇了一跳。他與亞提安娜的眼神再次交會，他開始感到害怕。他就要聽見她的聲音了……

亞提安娜那雙大大的貓眼直直地看著部長夫人：「我和愛德華的想法一樣。地鐵很可憐，不但大家看不見，還在地底下……」

她接著緩緩朝艾菲爾轉過身子，語氣逐漸堅定地對他說：

「目光得更高、更自由、『更大膽』……」

這最後的三個字，就像一把標槍，插進了艾菲爾的記憶之中，這令艾菲爾更加心寒。他眼神充滿敵意地看著她。她聳聳肩膀，手足無措地端起酒杯一口氣喝下。

愛德華．洛克伊說：「別說地鐵了。請給我們一座紀念性建築物；一座宏偉美麗、真正的紀念性建築物；一個可以讓法國在歷史中一雪前恥的東西。」

艾菲爾眼睛定定地看著亞提安娜，說：「一雪前恥，您說真的嗎？經過這麼多年了，您還認為有一雪前恥的必要嗎？」
他的看法讓部長感到震驚。
「您是在開玩笑嗎？才十五年而已。就我們法國千年的歷史來看，十五年只能算是顆小水滴……」
餐桌上突然陷入一片沉默。這個意外的場面令所有的賓客都尷尬了起來。沒有人敢破冰，就怕招來一頓批評。洛克伊不住地反覆想著，到底為什麼德黑斯塔要邀請這個自命不凡的傢伙來。
艾菲爾本人倒是開始覺得有趣。他想著，終於有事發生了！因為興奮，他的胃疼了起來。德黑斯塔看起來像是擔心這場晚宴不知會演變成什麼樣的局面。不過艾菲爾給了他一個淡定的表情，像是告訴他：「別擔心，我知道自己在做什麼。」隨後，他對著亞提安娜微微一笑，而後以一種幾乎聽不見的聲音喃喃自語，就像是演講者想要吸引聽眾注意那樣，他說：
「一座塔……」
洛克伊問：「您說什麼？」
「一座三百公尺高的塔。」
部長的精神又來了。

「三百公尺？您是不是有點誇張？用金屬做嗎？」
「全部都用金屬。」
德黑斯塔簡直嚇壞了。艾菲爾到底在玩什麼把戲？可是洛克伊似乎很感興趣：
「艾菲爾，我開始覺得您很有意思了。」
德黑斯塔的心情從恐懼立刻轉為欣喜。
「愛德華，我就跟您說過了，艾菲爾很讓人意想不到吧！」
「看得出來。」部長啜了一口紅酒：「艾菲爾，還有呢？」
艾菲爾繼續說：「我有一個條件。」
部長大笑，說道：
「我感覺要談錢了！」
艾菲爾冷笑一下，聳了聳肩。亞提安娜還是沒出聲。
「忘了皮托市[11]還有郊區吧。」
「什麼意思？」

11 皮托市（Puteaux），塞納省的一個市鎮，臨近巴黎。

「我要我蓋的那座塔能夠在巴黎的市中心。我要每個人，無論是工人或是中產階級，都能夠看見那座塔，也能夠好好享受那座塔……」

這話裡滿是惱怒，部長全身變得僵硬，但與此同時，又被艾菲爾的熱情給吸引。

「那裡將會是一個屬於大戶人家與普通民眾的場所，也將會因為破除階級的藩籬而充滿現代思想。難道您不想慶祝法國大革命嗎？」

古斯塔夫．艾菲爾發現自己在說話的同時，眼睛依然離不開亞提安娜，因此兩眼灼痛。

「艾菲爾，只要您不讓誰因為這件事被砍頭[12]，我就支持您！」

所有的賓客都鼓掌起來，大家舉高紅酒乾杯。亞提安娜咧起了一個大大的微笑，臉上散發出了亮眼的光彩。

⚜

安東．德黑斯塔相當愉快。因為有紅酒助興，他感覺自己在飯局接近結束的那段時間裡，從頭到尾笑個不停。雖然這場飯局開始得波濤洶湧，但是最終仍有一個令他開心的結尾。部長有了一個計畫；古斯塔夫有了一項任務；而他則是當上了策士、陰謀家、在背後操縱的傀儡師。顯然在巴黎的生活就要變得有趣了。

在幫妻子穿上厚重大衣的同時，他對古斯塔夫・艾菲爾說：「你真夠了不起的。」侍者替他們開了通往台階的那扇門，一陣寒風隨即颳上了他們的臉。亞提安娜的心因為這股沁涼而變得輕鬆。她閉起眼，任寒冷撫摸她的臉。艾菲爾默默地站在後方想逃，卻找不到機會離開洛克伊的會客室。

「我們是為了地鐵來吃飯，結果帶回家的是一座塔。你是在演魔術師啊！」

三個人走在通往馬路的小石子路上，哈哈大笑。這一夜寒冷而乾燥。他們頭頂上方的樹木光禿禿地，在漆黑夜色的映襯下，沉重到讓人感到一種威脅力。天上，幾顆羞怯的星星為自己闢出一條通道；艾菲爾心想，從他的塔往上望，就可以把星星看得更清楚。

這時，安東・德黑斯塔拍了一下他的背，他才回過神來，還不小心絆了腳。

安東看著這一幕，對他妻子說：「艾菲爾這個人從以前就是這樣，捉摸不定。我實在太愛這個傢伙了。」

---

12 意指只要建造鐵塔的事，不會引起類似法國大革命有人上斷頭台的事件，部長就會支持艾菲爾。

亞提安娜瞬間感到全身僵硬。她大膽地望了艾菲爾一眼。從他們三個人在一起的時候，她就一直有意避開他。

煤氣燈從玻璃罩中透出的微光照著馬路。奧斯曼風格的樓房早已沉睡許久。遠方一匹馬兒發出了嘶叫聲。

「古斯塔夫，我們送你回家吧？」

「謝謝，我要走路回家……」他撒了謊，其實心裡面想的是：這麼晚了，得吃多少苦頭才能找到馬車搭……可他又不願意當電燈泡。

「怎麼樣還是請你看一下我的車吧。它是一輛樣品車，讓你看看它有多漂亮……」

艾菲爾還來不及推辭，安東就已經哼著歌，消失在夜色中。

其實，艾菲爾就是不想遇上這一刻，而且他也已經很努力要避免這一刻的發生。好吧，只要等待就夠了，過了就好。

或許亞提安娜也想著同樣的事吧，只是艾菲爾不願意印證。他像躲著蛇髮女妖梅杜莎一樣的躲她。尤其是千萬別回頭！要望著黑夜裡的那個點，在傷兵院上方的那個點。

「看著我……」

她的聲音劃破了沉默。艾菲爾動也不動。

早該預期會有這樣的狀況出現的。

她堅持著：「你看著我。」同時朝他走近。

他感覺到她就在他的左手邊。儘管已是黑夜，儘管寒冷，他感覺有大火熊熊燒了起來，悶熱得幾乎讓人窒息，而當亞提安娜的手搭在他的肩膀上時，更是燙得他疼痛難耐，但他依然能夠像踏著芭蕾舞的追趕舞步似的，動作和緩地往後退開。

最後他費了好大的工夫，終於吐出一句話：

「我真的希望這輩子不要再見到你。」

這句話就像一枚子彈擊中了亞提安娜，可是她依然保持鎮定，甚至還裝出上流社會灑脫、高傲的樣子。面對夜色，她擺出了姿勢，就這麼定立在那裡不動。

當車子開過來的時候，她鬆了一口氣。

安東驕傲地從這個顛簸、發出可怕噪音的奇怪機器上跳下來。接著訝異地問：

「他去哪裡了？」

此時，亞提安娜才換了姿勢，環顧四周——而艾菲爾已經不見蹤影了。

14

一八五九年，波爾多

這是個漫長的一天。工地裡的氣氛緊張，因為有個工人為了獎金的問題頂撞鮑威爾，甚至演變成肢體衝突，最後是艾菲爾出面把他們兩人分開。

「你護著你底下的人，可是艾菲爾，我們知道你想要什麼……」鮑威爾低聲咒罵，一邊用力地拉著自己的袖子，就像要把袖子的皺褶扯平似的。

其實他先前就對艾菲爾很不高興，這個工程師竟然自行去跟木材供應商布爾日要材料，不僅要到了，布爾日還來建議他加強鷹架安全，並且把艾菲爾稱讚個不停，讓他更覺得受辱，自此之後，他防艾菲爾就跟防諜一樣。

但艾菲爾才不在乎。對他來說，那根本沒有什麼，反倒是有件事他並不想讓鮑威爾知道：那天，為了不再與亞提安娜（也就是他先前沒能更瞭解的美女）有任何的眼神交會，艾菲爾情急之下，於是穿越灌木叢，把衣服都給扯破了，接著還翻過一面牆，抄近路穿過原野，讓體面的衣服泡在泥漿裡……如果鮑威爾看到他當時的狼狽樣，鐵定會大大地嘲笑他一番。不過，在那次生日宴會之後，艾菲爾在意的只有他的工地、他的梁柱、工人的安全，就這些而已；對於亞提安娜．布爾日，他一點都不放在心上。

他甚至睡在與加龍河有一段距離的棚屋裡。那個簡陋的小屋子就是他的辦公室，裡頭擺著他的草圖與測量工具。景觀遠比他在波爾多市中心所住的那間頂樓房子還美。至少水聲寧靜，還有這座往外海延伸的迷人木頭浮橋。他會雙腿懸空地坐在浮橋上，望著月亮映照在加龍河上。

經過幾天的陰霾，月亮剛露出臉來。這顆白色的圓形星球突然出現在海平面上，而後攀爬上了天空，就像一顆石膏熱氣球。艾菲爾凝視了月亮好一會兒，就像是睡前與親人道晚安，接著他才轉身走回自己的木頭棚屋。這時的空氣突然變得冰涼，他抱著雙臂打起哆嗦。

「晚安。」

艾菲爾嚇了一跳。

他聽出這個聲音，它的主人有著一對因為月色而多了幾分貓科動物味道的眼睛。

他假裝冷漠地回答：「晚安。」

她身上圍著一條披巾，站在門前。

他掏出一大串鑰匙圈開門：「您一定很冷吧。快進來……」

⚜

亞提安娜觀察著屋內一切，像是想找出一個線索或一把鑰匙。這雖然只是個工作的場所，可是她看見了一疊衣服、一支刮鬍刷、一把剃刀、一支梳子，還有這張草墊。草墊上有三條隨便折起的被子。艾菲爾感覺自己的隱私全被看光，但也不覺得尷尬。她隔著放在他們兩人之間的物品，觀察他的動靜。他大可以辯解自己在市區其實有間房子——可是那又怎樣？

工程師立刻把他的物品移到早已擺滿繪畫、草圖、尺規的大桌上，並向這位訪客指著那張唯一的椅子。

「謝謝，不過我不累。」她說話的同時，頭上的波浪捲輕輕晃動。

她走到大桌前，俯身看著那座天橋的草圖。艾菲爾打開閱讀小油燈，但光線還是太弱，她只好將臉貼上那一張張的草圖。在半明半暗中，這個動作顯得曖昧，而站在這個年輕女人身後的艾菲爾，看著她曲線畢露、讓人充滿遐想的身影，與自己竟然只有一步的距離。

她對他說：「您知道嗎，我讀了您送我的那本書。」但沒有轉過身子看他。

「哦，是嗎？」

「我沒有完全看懂，但是我有看。」

艾菲爾得克制自己，不要張開雙臂，不要伸出手，只是……只是……

「書裡也有一張像這樣的畫。」她說，彎著的手指停在草圖的某一根柱子上：「啊，我記得這柱子。這柱子是做什麼用的？」

亞提安娜以一種獨特又優雅的姿態挺起身子。當她轉過身時，整間屋子變得明亮了。

「亞提安娜，你為什麼會來這裡？」

她手撐著桌沿，身體靠上了桌子。微微拱起的背，讓姿勢變得更加誘人，可是她的表情看起來卻不是這麼回事，反而是尷尬、茫然。

「那一天……在我的生日宴會上……」

艾菲爾往後退，並未將視線移開，語氣生硬地說：

「抱歉，我們並不瞭解彼此……」

她一聽便急著喊：「不！啊，對，是我……我的意思是，該說抱歉的人是我。是我該請求您的原諒。」

艾菲爾並不喜歡看到她這般手足無措。他還是寧願她無所畏懼、高傲冷漠。此刻的她突然就像個小女孩一樣。

「亞提安娜，如果是這樣的話，就沒有原不原諒的問題。我們都對彼此覺得抱歉，我們都有錯。」

他不帶情感的僵硬態度讓她感到受傷，覺得自己根本沒必要像個逃犯，在大半夜裡穿越整座城市，來到這裡看他冰冷的臉色。這不該是她應得的對待。

她雙唇顫抖，眼眶含淚，喃喃地說：「您是瞧不起我嗎？」

艾菲爾是應該要心生憐憫，然而他很清楚，這個女人會演戲。可是此刻，這個女人正忍著淚水站在他的面前。

他嘆了口氣，態度軟化了：「我沒有瞧不起。您很……」他似乎在找尋適合的字眼，「您很討人喜歡。」

這句話就像是打了她一記耳光。

她重複他的話：「很討人喜歡……」

艾菲爾明白自己說出這句話傷了她的心，又趕緊用和緩的語氣對她說：

「亞提安娜，我們並不認識。我們兩人才見過三次面而已……」

「對我來說，第一次就夠了！」

她這麼直接、坦白，讓他內心所有的遲疑、保留一點一點地崩解了。這時，她站到他面前，就像要挑戰他的冷漠。她不再扮演星期日的那隻花蝴蝶。現在站在他面前的是亞提安娜・布爾日這個人。宴會結束了，恭維的話也停止了——這個年輕女孩為了他，現在來到他家。

只是，太過分了！他對於眼前的一切無能為力！他其實大可以採擷這個女孩令人神魂顛倒的美貌，如同摘下最美麗的果實一樣，但他已經過了玩你追我躲的年紀了。

他鼓足了勇氣往後退，一副無關緊要地整理起房間另一側的小櫥櫃。

「亞提安娜，還會有另一次的生日。也會有同樣的音樂、同樣的冰淇淋，以及一個搭熱氣球環遊世界的男人。他也會『與眾不同』。您會邀請他，而那天也會玩遊戲。到時您會……就像現在一樣……」

亞提安娜在他背後問了聲：「什麼意思？」

古斯塔夫覺得要是不和她當面說個明白，就顯得太懦弱了，於是轉過身說：

「像個討人喜歡卻被寵壞的小孩。」

亞提安娜面色發白，整個身體跟雕像一樣僵直，彷彿沒有生命。只有那對眼睛閃著滿滿的淚光。

「你心裡是這麼想我的嗎？」

古斯塔夫慌了。他沒想要這樣。就在那個當下，他很想把她擁入懷裡，輕撫她的秀髮，哄哄她，跟她說沒事的，可是他知道那麼做沒有用。

他心灰意冷地承認：「我不想演戲了。」說這話的，是他的意識，而非他的心。

亞提安娜毫無懼色地承受這再次而來的打擊，帶著微微發抖的身子走到門口。她想要立刻就消失，在這個因為烏雲飄來而顯得更加深沉的夜色當中。

艾菲爾用力捏緊了拳頭低聲罵道：「笨蛋。」

然後聽見木頭發出了嘎吱聲，他全身發抖了起來。

「亞提安娜，你要去哪兒？」

沒有回應，只聽見河岸那邊傳來了不穩定的腳步聲。

他心想：「我的天啊！浮橋！」同時連忙走到外頭。

「亞提安娜……你在做什麼？」

「我在演戲……」她壓低聲音回答。

與此同時，月亮也從雲裡探出頭來。

於是，他看見了她。

就如顯聖一般；如同德國人會喜歡的那種夢幻的畫作。

在他面前的亞提安娜，彷彿漂浮在浮橋的末端：她雙手交叉胸前，眼神撩人，嘴邊掛著一抹安於宿命般的奇異微笑。那抹微笑給人一種充滿力量、蠻橫、自由的印象。

然後是墜落……那過程緩慢，慢得如同在呈現分解動作。

往後傾倒的身子輕如羽毛。在黑夜之中，她的眼神依然直視著艾菲爾的雙眼。向她敞開了懷抱的河水，是殷勤、溫柔、美妙的吃人怪物。

15

一八八六年，巴黎

幾個星期以來，艾菲爾心心念念的就是要再次見到亞提安娜。

當他從草圖堆中抬起頭來，當他擱下那座他幾乎是靠著說大話才著手興建的三百公尺高塔草圖時，她的身影就會浮現。她那無邊無際的微笑；那雙如貓的雙眼；那喜悅、帶刺的、輕蔑的高傲態度。這幾年來，她究竟過著什麼樣的生活？變成什麼樣的人？有什麼樣的經歷？是如何認識德黑斯塔？又是什麼樣的奇怪巧合，讓這兩個已婚的人相遇？古斯塔夫全都不想知道。他希望兩個人此生永遠不要再有交集，並且把那些回憶埋藏至記憶的最深處。從她的名字到她的第一封信，這些都不能存在於他的意識之中。

然而……

然而他就是這麼時常流連在這座他假裝不屑的蒙梭公園。

「這是有錢人的動物園。」他總愛這麼說。比起來，他還是喜歡蒙蘇里公園或是肖蒙山丘公園那裡的庶民氛圍。

蒙梭平原這一區太浮華，滿滿的銅臭味，艾菲爾對此總是心存防備。就這點上，他是虛偽的：他的父母在第戎是貨真價實的中產階級，所以他從小就不是在破敗的環境裡長大的，而他現今生活舒適的程度，比起這一區的富裕人家毫不遜色。那些英國保母讓他想起當初幾個先後推著克萊兒、艾蘭婷、阿勒伯的嬰兒車的英國保母。那一對對高雅中帶點拘謹的年輕夫妻，與艾菲爾夫妻年輕時是如此相像。他們倆也是這麼獨自臂挽著臂散步。一想到瑪格麗特，他的胃就開始刺痛。要是她還在的話，一定會保護他。她會提醒他，他的責任與原則。可現在他覺得自己從此失去了所有的防護。從此，那些事他能和誰談呢？龔帕農不會懂的，而克萊兒又太年輕了。總不能是德黑斯塔吧？這樣是會有反效果。現在這位「鋼鐵詩人」晃到了樹下，在長椅上坐著。他心跳急促，就像朝聖者等待奇蹟出現般的等待著。

他們的房子就在那兒。就在他的前方。蒙梭公園邊的其中一棟豪華連棟大樓。艾菲爾知道德黑斯塔手頭寬裕，可是這就住得起巴黎最有錢的區域嗎？那可就難說了……他只能肯定，這對夫妻不是住在普通的房子裡。他已經連續三個星期會來這裡。那棟房子從樓下到頂樓的玻璃窗後，經常出現他們倆走動的身影。有時，德黑斯塔會打開窗子，看著外頭的景致；有時，她會背倚著窗，動作優雅地以一種格外灑脫的方式關上窗簾。

「我是不是中邪了？」

艾菲爾大聲地對自己說。那位坐在隔壁長椅上忙著餵鴿子吃麵包屑的老太太，訝異地望著他看。

一個影子停在他的面前。

「兄弟啊，你在這一區做什麼呢？」

艾菲爾緊張了起來，他早該想到會有這種情形發生。暗中監視他人的結果就是被逮個正著。然而，德黑斯塔所表現出的訝異是歡喜且真誠的。

「我們曾經有三十年的時間見不到面，結果現在到處都遇得到你呢。」

「我……我一直都關在家裡。出來走一走感覺比較舒服。」

艾菲爾尷尬地站起來，朝他的老同學伸出手，可是他的老同學一把摟住了他的肩膀，熱情地將臉貼上了他的臉。

「你知道我就住這附近嗎？」德黑斯塔邊說，邊指著那棟艾菲爾已經窺探了三個星期的房子。

他覺得這一切都讓他顯得很可悲，也覺得自己太幼稚了，應該要勇敢地直接寄張名片、邀請函過去的。自從上次在洛克伊家的那場餐會之後，他就沒再與德黑斯塔見面，而這個老同學則是賣力地讓「艾菲爾計畫」成為媒體上的話題。理由很簡單，因為大眾對於這座「三百公尺的高塔」比對代卡澤維爾的礦工罷工，或是新任戰爭部長布蘭傑對罷工鎮壓事件所發表的宣言還有興趣。

這位專欄記者往艾菲爾的背又拍了一下，問他：「你看我們的小計謀帶來這麼大的成果呢！」

古斯塔夫・艾菲爾尷尬地回嘴：「別忘了我為了這個可是拚死拚活呢。洛克伊的那座塔會蓋出來的。」

「古斯塔夫，我相信你。既然你人都在這兒了，我們就來慶祝一下。到我家喝酒吧？」

艾菲爾訝異到不敢拒絕。

⚜

古斯塔夫・艾菲塔感到滿心的緊張與不安。他的理智朝他大吼：不要跟著安東走，別踏進這棟屋子，別把大衣交給朝他行禮的黑人管家。但不用說也知道辦不到……他的本能淩駕了理智，他也不管，只是設法不讓人發現他的心思紊亂，努力假裝對老同學的談話有興趣。他的老同學也虛偽地為自己家裡某些裝潢風格感到抱歉。

「你一定會覺得我們家整體感覺就是規規矩矩的，很傳統，可是我跟你說，我們家很舒適的，你只要打開那道客廳門就知道了。」

穿越鏡子另一側的感覺頗為奇妙。幾個星期以來，他都是從另外一個角度觀察這間屋子。他認得這株植物——這會兒他看見了栽種的花盆，並認出了這面充滿東方情調的壁畫——此刻，他不再只是看見其中的一角：一名舞女的胸脯。他望向外頭，一眼瞧見了自己經常坐著的那張小長椅。那名老婦人仍在原地，身邊圍繞著一群鴿子。

安東．德黑斯塔打開窗子，喃喃說道：「亞提安娜就是愛上了從這裡看出去的景觀……」

古斯塔夫全身倏然僵直。一滴汗珠從頸子上滑落。

「她……也在這裡嗎？」

「你說亞提安娜嗎？」安東反問他，同時打開一瓶白蘭地：「沒，她出去了。星期三的時候，她都會和朋友去博物館。」

聽完後，古斯塔夫不知道自己是鬆了一口氣還是失望，但肯定是兩者都有吧。

安東舉杯對他說：「古斯塔夫啊，敬你的鐵塔一杯！」

古斯塔夫笑著說：「老天爺會聽到的。」不知道為何，他覺得自己輕飄飄地像是醉了。

安東重重地跌坐在一張沙發椅上。

「你知道亞提安娜對你充滿了愛慕之情嗎？」

「是嗎？」古斯塔夫感到一陣寒顫，開始猜想安東是不是要套他的話。他覺得有必要說明自己並不認識她。

「沒錯啊，我很確定她讀了你的某一本書。一本很專業的書。」

「她是在那場餐會之後買的嗎？」

「不是，那本書在她書架上已經很久了。」

古斯塔夫內心一陣激動。

安東絲毫未覺。他繼續說：「亞提安娜這個人真的很厲害。她的興趣非常廣泛，而且什麼都難不倒她，要不是……」

大門的門鈴響了，打斷安東的話。接著，管家走了進來：

「和您有約的那位先生到了……」

安東以手背拍了下額頭。

「我真糟糕，竟然完全忘了。」

他站起身，走向古斯塔夫。

「我真的太迷糊。我得見那位妨礙我們繼續聊天的人了。他人現在就在我樓上的書房裡等我。你不會跟我生氣吧？」

古斯塔夫其實心裡反而輕鬆了起來。

「我也該走了。」

安東把他推到沙發上坐著：「古斯塔夫，別急別急。你想走的時候再走。再喝一杯白蘭地，休息一下。我很想要你等我們，只是亞提安娜已經先到餐會現場等我了。不過你別走，把這裡當作自己的家吧。」

古斯塔夫聽完之後，把頭轉向沙發旁的矮桌。桌上有個小小的圓形相框。亞提安娜正用她的那雙貓眼望著他，對著他微笑。

16

一八五九年，波爾多

古斯塔夫以為自己又重回到那場意外發生的當下。河水就像石塊一樣堅硬，緊緊地包裹住他的身體。他感到刺骨的寒冷，心臟的搏動聲穿破他的耳膜——唯一的不同是，天色已暗。

他的手在黑暗之中搜查、翻攪著空無、尋找著亞提安娜，可是她的白色身影早已經看不見了。

要怎麼找到她呢？要憑著什麼樣的奇蹟，他的手才抓得到她的手臂呢？他又得要從哪兒獲取力氣，好讓那個襯裙底下的身軀往上浮呢？艾菲爾自己也說不出來，因為他完全沒有時間思考。求生的本能一路上掃蕩開了一切，除了當他竄出水面時，那股湧入他肺部中的空氣。

亞提安娜發出了恐怖的尖叫聲。嘶啞的叫聲，劃破了黑夜。艾菲爾想起了在第戎的某個夏夜，當鄰居女人在窗戶大開的屋內分娩時的那陣尖叫聲。

而眼前的亞提安娜隨即全身癱軟，倒在這位救生員的臂彎之中，變成了一袋濕漉漉的衣服。

在泥濘的河岸上，他試著支起她的身體。月光下，這片河岸幻化成一片細沙海灘。她開始哭泣，抽抽噎噎地乾哭著，沒有一滴眼淚。

「您瘋了！您不想活了嗎？您要讓我們兩個都淹死嗎？這是您的新把戲嗎？」

古斯塔夫心中五味雜陳：憤怒、恐懼、一種莫名的無奈，以及一種溫柔而痛苦的感覺：沒有人的脾氣比亞提安娜更硬的了。

「對不起，對不起……」亞提安娜吃力地以細弱的聲音道歉，整個人蜷縮成一團，不斷地抽搐。

古斯塔夫抓起擱在地上的一塊布包住她的身體，隨後扶著她站起來。

可是亞提安娜動彈不得。她的手腳都陷入痙攣狀態，令人擔心。

而古斯塔夫的狀況也不太好，全身因為緊張而僵硬不已，但他還是想辦法把亞提安娜抱了起來。

當他們穿過大門時，他心想，這女孩的身子可真輕啊。

等了一分鐘之後，火爐開始熊熊燃燒。古斯塔夫把屋內滿地的布塊、廢棄的草圖、木糠，全一股腦兒地塞進了火爐。總之，只要讓亞提安娜清醒過來就好。

亞提安娜蹲在壁爐前，眼也不眨地凝視著火焰。古斯塔夫將一條比岸邊那塊布還舒服的毯子披在她的肩頭。她感覺到手腳慢慢地暖和了起來。

他放下心來，問她：「好些了嗎？」

她心虛地微微一笑，點了點頭，接著輕輕地扭動著身體。

古斯塔夫明白她正在毯子底下脫去身上的濕衣服。她熟練地在不露出身體的情況下，將脫下來的衣服往火爐前一吊，接著擺出姿態輕鬆的樣子，似乎終於可以喘一口氣。

然後她轉身，對著正在壓抑內心的羞怯與慾望的古斯塔夫說：「過來吧。」

他在她的身邊蹲了下來。此刻兩人在這簡陋木屋的同一片地板上。他伸手環著她的肩膀。而她也自然而然地將頭靠過去。古斯塔夫感覺到她濕漉漉的髮絲搔著他的臉頰。

天氣很舒服。兩人眼前的火爐與他們心照不宣。天上的月亮再次消失，彷彿要將夜晚還給他們倆。

當毯子滑落時，兩人開始打起了哆嗦。火光中的亞提安娜，是最美麗的幽魂，甚至比古斯塔夫所能想像得更美——此時他再度明白，這一局，她又贏了。

17

一八八六年，巴黎

為了即將到來的戰鬥，艾菲爾建築公司開始進行部署：畢竟興建一座三百公尺高的鐵塔，這個點子很美好，卻不是那麼簡單。

龔帕農經常看著他的合夥人為了讓這座塔更精緻、更優雅、更浪漫，徹夜修改鐵塔的草圖。

「部長認同我的提案，而且顯然也很喜歡我。只是我得在巴黎市議會的成員面前捍衛我的想法，甚至還得與其他人的計畫一同競爭。」

龔帕農聽了簡直無法相信。

「競爭？我以為你這個人一向不願意與人競爭的啊。」

他隨意拿起一張畫作遞到龔帕農面前說：

「有些計畫值得犧牲點什麼。德黑斯塔也會負責炒起新聞熱度。這麼跟你說吧：那不是一場競圖，而是一場全民表決。」

眼見艾菲爾如此有自信，龔帕農實在有些意外，因為這位總是在懷疑自己、挑戰自己的工程師，竟狂熱地沉溺在這座塔之中。

只是這兩個人幾乎都忘了艾菲爾建築公司還沒有拿下這項計畫，一切還得要照步驟來。

諾吉耶與科奇林甚至認為艾菲爾是在戲弄他們，因為他原先根本瞧不起他們的「塔」，還覺得他們的塔太無趣。

「沒錯，沒錯，我要跟你們買。」

「老闆，您是說真的嗎？」

當艾菲爾提議要以工程成本的百分之一買下他們的專利時，這兩位建築師立刻做起了心算：一座三百公尺的塔，需要幾百名的工人、一個起碼要用上兩年的工地，這種機會可說是千載難逢啊！

艾菲爾進一步表示：「放心，你們倆的名字會與我的名字並列一起。」

他甚至還一手各搭住一個人的肩，俯身對著其中一張素描開心地說：

「兄弟，這座塔會是我們的。」

從那一天開始，古斯塔夫．艾菲爾就像著了魔一樣。他已經好久不曾把一項計畫當成自己的所有物。他先前所有的建築作品，全都是集體合作的成果，可是這次，他就這麼突然地想把這座塔佔為己有。於是諾吉耶與科奇林的塔，就這樣化為具體的存在了：初期圖樣中的剛硬逐漸軟化，變得溫和。每當艾菲爾看著他的草圖或是平面圖的時候，心裡就有種感覺，彷彿自己不再只是一個工程師，甚至也不再只是一個缺乏靈感的藝術家，而是一個執迷狂熱的人，就好像自己正寫著情書給這個瘋狂的計畫；就好像自己應該說服它、贏得它的心。尤其亞提安娜的身影一直在他的思緒之中徘徊，給了他煩憂又給了他活力。如果說他想向誰證明自己是最優秀、最獨一無二的，那麼那個人便是亞提安娜，他因而成了一個工作狂，整天幾乎不睡，咖啡一杯又一杯，成日埋首於那堆白紙之中，看到眼睛幾乎都壞掉了。

當他的心思有那麼一會兒突然飄向那些久遠的記憶之時，手就會畫起了亞提安娜的背影。那道自頸子往下流瀉至腰際的優雅弧線，勾勒出一個幾乎與雕像同樣完美的輪廓。

是靈光乍現，是那樣地顯而易見：這就是他要的塔！他的塔，不該是高聳天際的一條直線，而是一道活潑、內彎的弧線。

古斯塔夫為此像是發了狂似的，開始執著於追求那道可以給予這座塔至今所缺少之「性感」的優雅曲線。

他藉著這座塔活著、思考、呼吸，其他的計畫全都擱置一旁，龔帕農不得不負責維持平衡。但有些顧客開始表示不悅：

「那艾菲爾先生呢？找不到人嗎？」

「你們可以跟我談，我是他的合夥人。」

「我們只要跟艾菲爾先生談。我們花錢買的是鋼鐵詩人，不是會計……」

龔帕農咬牙切齒地說：「那個詩人這陣子正巧沒了靈感。」

這話是真的。當艾菲爾一進辦公室，就會埋入他的平面圖堆中；他從各個角度端詳他的塔，預想任何可能的風險與最微小的細節。他打從心底清楚，建這座塔並不是為了他自己。在這段重拾的青春與這股狂熱的背後有一個人，只是他小心地不說出那個人的名字。就說是他的繆思、他的靈感吧，其餘的就只不過是回憶；是年輕時的錯誤。

他以顫抖的手指端著杯子，喝下了第十二杯咖啡，喃喃自語道：「它應當要很完美。」

幾天過後，他情緒躁動到直接以鉛筆筆尖戳破紙張。那些平面圖幾乎算是完成了，剩下的只是一些花樣、裝飾而已。

「叫索維斯特把這些都加上裝飾。叫他給我畫上幾個陽台、長廊，看起來才不會那麼無聊……」面對古斯塔夫那軍事般的命令口氣，龔帕農並沒有半分猶豫。

「你是說乏味嗎？」他一邊抱怨，一邊打電話給當時代那位相當出色的建築師：史蒂芬・索維斯特[13]。許多巴黎富豪家庭都指定要他設計聯排別墅，而他也替他們構思出了有牆角塔的城堡、一千零一夜的皇宮、童話般的房屋。因此，以他的能力，絕對可以打造出一座全新的通天塔。

「但是你會交代他千萬不要更動外型，對吧？我的塔是獨一無二的，絕不能與其他塔有任何相似之處！」

「『他的』塔……」龔帕農不悅地一再嘟囔著這三個字。

13 史蒂芬・索維斯特（Stephen Sauvestre, 1847-1919），法國建築師。

18

一八八六年，巴黎

古斯塔夫・艾菲爾走出精品店，在靠櫥窗邊的那面大鏡子前端詳自己。

安東・德黑斯塔笑他這麼愛漂亮：

「放心吧，你看起來很棒！」

古斯塔夫依然看著鏡子，仔細檢查衣服的剪裁，看看肩線是否合身，外型夠不夠高雅、布料的品質好不好。他從鏡子中看見路人眼也不眨地走在勃根第街上，沒有人停下腳步稱讚他的成套西服，讓他有些失望。他其實很清楚，每個人都穿得像他一樣──或者該說，他穿得跟他們一樣。

他若有所思地撫摸著外套的襯裡，坦承自己在瑪格麗特過世之後，便不再上裁縫店。之後，便是由克萊兒負責訂做他的衣服，而且她也不曾開口要艾菲爾陪著去。「你知道嗎？她是我的小管家。」

德黑斯塔友好地將手搭在他肩頭，兩人一起害羞地看著鏡子裡的自己。

德黑斯塔打趣地說：「看看那兩個學生！他們將來會成為十足的中產階級！」

艾菲爾不以為然，但是他再次拿自己與路人比：「那對繞到拉卡斯路的夫妻，還有那三個走到波旁皇宮廣場、準備進入市議會的先生，肯定是議員。安東你說的沒錯：他們的時代影響了他們，也造就了他們。他們完整反映了他們的時代。」

「來買《費加洛報》啊！」

一名頭戴鴨舌帽的報童走上人行道，朝他們的方向前進。

「來得正好！」德黑斯塔向男孩買一份報紙。男孩又向他推銷了其他三家報社的報紙——這樣做是不對的！可是男孩向他的客人眨了一下眼睛，提議如果全帶的話，可以用批發價賣給他。

德黑斯塔把第一份報紙折好，笑著對艾菲爾說：「又是一個精明的傢伙……啊，終於刊出來了啊！」

他把報紙遞給他的朋友。艾菲爾看見了一篇標題是「艾菲爾與他的塔」的全版報導：滿滿擁擠的欄位，配上了一張這位建築師在加拉比特高架橋前的全身照，以及由史蒂芬・索維斯特修飾過的其中一張草圖做為插圖。

工程師內心的喜悅掩藏不住。德黑斯塔覺得他的反應，簡直就像個發現心愛的人在對街路口的男人。

「古斯塔夫，你該高興了，因為寫這篇報導的是費加洛報最優秀的作家帕魯。」

古斯塔夫喜不自勝，甚至重新讀著其中幾個讚美得太誇張的句子，就像是一再啜飲具強烈刺激性的藥草酒。

他面帶笑容地稱讚自己的朋友：「太棒了！」

德黑斯塔滿心喜悅地聳了聳肩。

「稱讚我做什麼？那是你的塔，可不是我的喔。」

艾菲爾感激地拍了拍他的肩膀。

「還是謝了……」

德黑斯塔忙著翻另一份報紙，並沒有回話。此刻他們正在波旁公園的廣場上，背靠著圍住正義女神雕像的柵欄。周圍有幾輛出租馬車緩緩地走在勃根第街上；有路人踏進了轉角的花店，還有一小群富裕的貴族，姿態優雅地走在人行道上。不過這兩個男人全心專注在這篇像是宣傳廣告（德黑斯塔其實事先已經告訴過艾菲爾）的報導上。

德黑斯塔看著《時報》上的滿版報導，說：「這個人也是。我根本記不得跟他承諾過什麼。」

艾菲爾把下巴擱在德黑斯塔的肩膀上，讀到了對於他的世界博覽會計畫的讚美文辭，低聲說著：

「你收買你的同行去寫關於我的報導嗎？」他雖然能夠理解，可是德黑斯塔的坦白仍然讓他有些不舒服。他這個人常常寧願什麼都不要知道。

德黑斯塔收起報紙，朝對面的眾議院抬了抬下巴。

「想要吸引整個法國，就得用特別的方法。我還有事情沒跟你講呢。不過有件事是確定的，那就是我們會在這場競賽中獲勝！」

當他們打開最後那兩份報紙《果敢報》與《高盧人報》時，也看見了同樣的溢美之詞。

德黑斯塔下了結論：「太棒了，我覺得目前我們的運氣正好。你知道就連博覽會的計畫負責人阿爾逢德[14]也在為你打點嗎？」

「那好，」艾菲爾突然擔心媒體宣傳的過度操作會帶來反效果：「可我還是一樣得

---

14 阿爾逢德（Jean-Charles Adolphe Alphand, 1817-1891），法國橋梁與道路兵團的工程師。

參與競爭。首先，我必須說服三個小時後就會到我辦公室去的所有委員會成員……」

德黑斯塔轉頭望向議會的三角形屋頂。上頭有一座大鐘指著時間。他接著往後退了一步，仔細打量著艾菲爾全身。

「放心吧，他們都會被你迷住的。」

「可是委員會都是男人。」

德黑斯塔懶洋洋地沒說話。一會兒之後才開口：

「是啊，不過他們會聽太太的話。你知道嗎，我沒問過我太太亞提安娜的意見就不會做什麼決定。」

艾菲爾的心頭彷彿被人拿針刺了一下。他咬緊牙，擠出了個微笑，隨後再次望向時鐘，接著呼喚停在大學路轉角的一輛出租馬車。

「我們別遲到了……」

19

一八八六年，巴黎

「我僅僅是個有想法的人……」

十二個大鬍子男人文風不動地聽古斯塔夫·艾菲爾說話。

「我只請求您們讓我提出我的想法……」

艾菲爾的心跳得很快。他知道儘管德黑斯塔安排好了媒體的宣傳活動，可是這次的答辯詞至關重要，因為那座塔的未來端看這一天了，所以他邀請巴黎市議會的十二位委員前去他位於勒瓦魯瓦的工廠。本來有些委員並不樂意動身前往，寧可要艾菲爾到市政府，不過最後還是敵不過好奇心。現在，他得讓他們驚豔、讚歎，而這就得從那些在鏡子前、在克萊兒與德黑斯塔面前、在整個團隊之前所複誦的語詞開始。此刻他的身後，都是他最親近的人，他們如同在將軍背後的參謀一樣的站著：龔帕農焦慮得全身僵直；克萊兒克制著想握住阿爾道夫的手的衝動，將自己的手放在身旁；還有柯奇林、諾吉耶、索維斯特這幾位參與計畫的第一批推手，以及擺出一副不在乎模樣的德黑斯塔（他一屁股坐在一把靠牆的桌子上，像是來看熱鬧的）。周圍辦公室裡的同事也認真聽著這一場無聲的演說——因為古斯塔夫關上了所有的門。

「各位先生，這座塔代表的不是某個人的榮耀或者名聲，而是巴黎！巴黎的耀眼，巴黎在世界上的地位，或許某種程度也代表了巴黎的靈魂。」

一名議員在鄰座的耳邊低聲說道，這個艾菲爾確實很浪漫，不過等著看他到底要端出什麼東西吧。

「請你們想像一座迎向天際、能夠吸引所有目光的塔吧！它對抗著地心引力，迎接自然元素的挑戰，也突破了我們人類的侷限。」

要是那些議員注意到克萊兒，就會發現她的嘴巴正一開一闔地背誦著這段演說詞。不過他們全都專注地看著古斯塔夫．艾菲爾。這個建築師的熱情感染了他們。

「這座塔，是一個國家經歷過血淚、再次抬起頭來之後所重拾的信心。」

這段充滿愛國情操的話語果然產生了效果。艾菲爾看見那些議員因為法蘭西的驕傲而泛紅了臉。

其中一位就像小學生一樣舉起手來。

「難道您不怕這個三百公尺的龐然大物嚇跑觀光客嗎？」

艾菲爾走到這位提出質疑的議員面前。

「不怕，它反而還會帶來成千上萬無論是歐洲或新世界的觀光客！」

他昂然地走到那些議員面前，先是逐一地看著他們，而後說：

「我們可以在那裡用餐，甚至跳舞。」

幾位議員似乎對於這個想法十分感興趣，但是其餘的人則是覺得太滑稽而沉下了臉。

「那您要如何解決土壤的問題呢？」最年長的那位議員指著艾菲爾貼在辦公室中央的那張草圖底部：「離塞納河這麼近，您的『奇作』會塌吧……」

另一位議員也說：「如此一來就會讓周圍地區陷入危險……」這一句話引來眾人擔憂的目光。

艾菲爾倒也不慌亂，他早就預料到會有這個問題。他彈了一下手指，示意阿爾道夫把塔的草圖改換成一份圍堰的圖解。有了圍堰，地下施工處就不怕進水。

「地基呢，約四十八點六公尺的厚度，我們每三公尺就探測一次。另外，有一層堅固的石灰岩與軍事學校那一側齊高，所以不會有問題的。」

那些議員湊上去看。

「不過呢，塞納河這一邊，你們說的倒是有道理。舊河床讓土壤軟化，會使施工的難度增加。」

艾菲爾開始解釋那張草圖，並且描述圍堰所用上的技術。當他們往下挖掘時，水位就會上升。透過壓縮空氣的壓力讓水位下降，並且維持在施工平面以下，這時就能將碎石鏟進一個閘門裡，地基就能夠在乾燥的狀況下填入水泥、鋪設完成。

十二位議員聽了之後，既是欽佩又是茫然。艾菲爾說的技術方面實在太抽象，他們完全聽不懂。其中一位對於他提及用一種「壓縮空氣的沉箱」這項技術有意見。

「那不危險嗎？」

艾菲爾提醒他們，他二十多年前在波爾多的第一件建築作品，也讓他面對了同樣的挑戰。

「那是一座金屬橋。要是你們曾經搭過火車南下的話，肯定從那上頭跑過。」

然後，艾菲爾朝龔帕農使了個眼色，讓這位夥伴接替他。

「各位先生，我們在下面放了一座模型。你們可以親身觀察這座塔的抗力如何。」

這些議員彷彿要去搭雲霄飛車似的，興高采烈地跟著龔帕農走。

克萊兒喃喃地說：「爸，實在太精彩了。」同時偷偷地在他精心修剪過的鬍子上印了一個吻。

艾菲爾看著那群人抓著扶手，準備走下那道狹窄的迴旋梯時，回他女兒：「還沒成功呢。」

艾菲爾與德黑斯塔也跟在所有人後頭走下樓。

德黑斯塔說：「你沒說過你在波爾多工作過……」

古斯塔夫看了他一眼，眼中沒有任何情緒。

「只在那裡蓋一座天橋。」

「當時你幾歲？」

古斯塔夫有些不自在。他完全沒想到會與德黑斯塔聊到這個話題，尤其是在這一天！

「二十七或二十八歲吧？我記不清了……」

德黑斯塔在心裡計算了起來，接著以一種肯定的語氣問他：

「也許你知道我太太的娘家。他們姓布爾日。」

古斯塔夫感覺全身肌肉突然緊繃。千萬要保持鎮定！他唯一需要在乎的，是那座塔；這是他的職業生涯中最重要的計畫。

他嘟囔著：「我沒印象。」接著，三步併做兩步地，快速走下這道窄小的樓梯。

⚜

那座模型實在太亮眼了。兩公尺的高度，以那座塔未來實際會採用的金屬建材打造而成。艾菲爾將模型放在室內正中央的一張桌上。那些議員端詳著，眼神中既是敬佩又是懷疑。他們想像著，如果這座塔實際矗立在巴黎市中心的戰神廣場邊會是什麼模樣。每個人在腦中編織著一幅小小的畫面。最看好這座塔的人，已經可以看見它抬頭挺胸、昂然聳立於巴黎了，而持保留態度的那些人則是擔心，這樣的龐然大物要是坍塌的話，豈不是毀了大半個巴黎！

二位穿著白色工作袍的人員放下所有的窗簾，整個房間陷入了一片黑暗。

一位議員打趣道：「該不會是要看幻燈片吧？」

其他人則是往後退了幾步，就像是害怕艾菲爾這個巫師接下來會使出什麼動作。然而艾菲爾什麼都沒做，只是雙手交叉在胸前，沉默地看著眼前的景象，猶如一位導演觀察著已經訓練好幾個星期的演員。

這時，又一個穿白色工作袍的人員用滾輪桌將一台機器推向了模型。

有位議員發問：「這是發電機，對吧？」

艾菲爾憋住笑，心想：總算還是有人對物理多少有些概念呢。他拍了一下手，轉身對著那群議員說：

「各位先生，為了安全起見，請你們往後站一步。」

十二位議員的臉色越來越蒼白。儘管房間內漆黑一片，克萊兒還是看見其中一位議員一把抓住了身旁議員的手。她開心地緊偎著阿爾道夫，他與龔帕農兩人則是同樣緊張。德黑斯塔再次獨自在後方，一副自得其樂的模樣，津津有味地看著眼前上演的這齣戲。

艾菲爾打手勢，示意穿白色工作袍的工程師啟動發電機。當一條淡藍色的弧線穿越了房間，擊中了模型的頂端時，十二位議員都嚇了一大跳。此時，最膽小的那位議員不再抓著身旁議員的手，而是拚命地扭絞著自己的雙手——眾人真以為艾菲爾建築公司遭到了雷擊！房間裡瀰漫著一股燒焦味。艾菲爾要人拉開窗簾。

眼看沒有任何東西起火，好幾個議員也終於放下心來。他們懷著好奇，小心翼翼地走近模型與發電機。

「避雷針會深入含水層。隨雷電怎麼打都不用擔心……」

議員們聽得一愣一愣地，表情滿是崇拜。克萊兒以手肘推了推阿爾道夫。龔帕農朝艾菲爾眨了一下眼睛。

艾菲爾顯然也有了信心。他打了個手勢，示意另一位助理上前。

「繼火、風之後，還有水……」

水柱猛烈地往模型噴。議員們從來就不知道一條普通的水管可以產生如此強勁的水壓。這水柱的威力比砲彈還強大，然而這座模型依然文風不動。

「這道水柱等同於每秒一百公尺的陣風。鏤空金屬的概念是為了讓風阻能夠趨近於零。」

在場的議員再度崇拜得說不出話來，直到一位議員開口打破了沉默：

「抱歉，我有個很無知的問題想請教一下。要是塔架是一根根分開組合的話，您要如何保證組合完成之後，那座塔會是垂直的呢？」

古斯塔夫忍著不皺起眉頭。這位議員應該就是布格拉什——他以前當過建築師，而這次，是委員會中唯一公開支持另一個競爭計畫的人。艾菲爾平靜地指著模型塔架底下的一根管子，說：

「每個底座下方都安裝一座液壓缸，每個主椽都有柱塞支撐。」

那十一位議員似乎又陷入了茫然之中，只有布格拉什完全聽懂。

「我們啟動下方的千斤頂，」艾菲爾手動操作著泵浦，從一口井中汲出水來，「排空上方的沙子。」

艾菲爾抽出一個小小的塞子，細沙從活塞中流瀉出來，柱架隨之傾斜。議員們一同「哇！」了一聲。

「我們就是透過這種方法調整水平線與垂直線，還有水位。」

艾菲爾此時開心極了，因為他看見了布格拉什流露出了欽佩的神情。這個男人抬起頭來，以一種會心的語氣對他說：

「太棒了。艾菲爾，您對任何問題都已經有了答案。」

艾菲爾轉頭看向他的親朋好友，一會兒之後再轉回頭去。他們每個人正以一種虔敬的靜默，看著眼前所發生的一切。接著，他摸著那座模型塔的曲線塔身，就好像騎手表演完特技騎術之後，輕撫著他的馬匹。

「生命教會我提防意外。」

他感覺到血液正猛烈撞擊著腦門。似乎有一個小小的聲音說著：「成功了！」可是與此同時，又有另一個比較低沉、謹慎的聲音提醒他：現在，就剩最終考驗了，也就是那場競圖……

20

一八六〇年，波爾多

那對戀人正在窗邊。下巴倚著欄杆的他們，就像兩隻小狗兒。波爾多美麗的朱紅屋瓦在他們眼前綿延開來。陽光輕撫過他們還殘留著交纏痕跡的臉龐。行蹤飄忽的徐徐微風吹來，猶如溫柔的吻。

亞提安娜閉起眼睛，輕聲說：「好舒服啊。」

艾菲爾望著眼前的太陽，暗自對它下了戰帖。有朝一日，他一定會建造出一座能夠登上太陽的階梯。只要和亞提安娜在一起，他就覺得自己無所不能。她打破了藩籬，讓他得以用不同的眼光——更深沉、更平靜的眼光——看這個世界。每一天，她的存在就足以激發他的火焰、他的精力。他是怎麼能夠在不認識她的狀況下活了二十七年呢？這個問題，有時候會讓他心情激動，彷彿在認識她之前的年歲光陰全無意義、全都白白浪費了。當他向她傾訴這種心情，她便會哈哈大笑，但卻不敢讓他知道自己也是同樣的心情。那是只能以眼睛、以身體述說的事情。而這樣的對話，他們怎麼樣也不厭倦。

「這怎麼樣還是比在你工地上的那間小屋舒服吧。」

古斯塔夫．艾菲爾的心裡有一絲淡淡的愁緒，彷彿他已經為兩人才剛起步的愛感到了遺憾。純真是否已經不再？然而，這初次的夜晚、溺水的恐懼、火爐的炙熱、兩副相互探索的身體，一生就只這麼一次。

他看著一隻鴿子飛到了距離他家只有幾條路遠的教堂鐘樓上棲息，「我經常回那裡去……」

亞提安娜一聽，整個身子像是往後彈射到了大床上，壓得那張大床痛苦地「咿呀」著。

「我情願淹死在你的被窩裡，」她邊說，邊以挑逗的姿態將睡衣下襬撩上了大腿最上方。

但等到艾菲爾上了床，她卻故意起身讓睡衣下襬垂回腳踝處。

「我餓了！」說完，她便走向這間單人房門邊的櫥櫃前。

艾菲爾儘管想要再次擁她入懷，卻只能既興奮又溫柔地看著她找東西吃。

一會兒後，亞提安娜拿了一盒餅乾到艾菲爾面前。

「你沒有別的了嗎？」

「沒有。」

她聳了一下肩膀，打開了餅乾盒，像個小女孩似的大吃特吃。

「你食慾可真好！」

「我說過我餓了……」

她接著回床上坐著，嘴裡還塞滿餅乾。

他以手背輕撫著她因為塞滿餅乾而鼓起的臉頰。亞提安娜的肌膚就跟水果一樣柔嫩。

「餅乾好吃嗎？」

她笑著回答：「一點都不好吃。」餅乾屑掉在了被子上。

艾菲爾拍掉了餅乾屑，隨後在她面前盤腿而坐。

「將來有一天，我會給你……所有你想要的。」

「真的嗎？」她真心歡喜地回答。

「你想要什麼呢？」

亞提安娜收起了活潑的神態，專注地思考。

「我什麼都想要。」

「什麼都想要？」

這下子換成艾菲爾神情嚴肅。

「你知道嗎，我會娶你。」

亞提安娜的臉上閃過了一絲喜悅。

「知道嗎？我也想要你娶我。」

兩人笑著互相擁抱。

這對戀人動也不動，只是久久地望著窗外緩慢升起的太陽。自從兩人第一次在加龍河邊共度一晚之後，一切都發生得飛快。沒幾天的時間，亞提安娜就已經成為他生命的一部分，而她更是以一種自然的態度與令人費解的勇敢，順利地讓她父母與朋友接受他的存在。

亞提安娜這個人就是這麼地開朗固執，所以總是能讓與她唱反調的人投降。

艾菲爾得承認，布爾日一家雖然是傳統的中產階級，心胸卻意外地開放。當亞提安娜第一次公然牽著他的手回她家去時，她的父母皺起了眉頭，但隨即對他投以會心的眼神。

亞提安娜才開口說：「是的，就是這樣……」下一刻他們就齊坐在客廳裡，品嚐路易・布爾日倒給他們的加斯科涅亞文邑白蘭地。不久之後，古斯塔夫・艾菲爾便與她的家人變得親密。

「艾菲爾，你最近在看什麼書？」

「艾菲爾，您對於皇后的意見有什麼想法？」

「親愛的，幫我準備這道水果沙拉……」

「工程師啊，既然您這個人比較仔細，那麼跟我說，您認為這個屋頂的角度可不可以小一點？」

艾菲爾感覺這一家人都已經接納了他。這對亞提安娜而言，並沒有什麼好意外的，可艾菲爾就是驚訝得不敢相信。

偶爾當這對戀人向亞提安娜的父母道過晚安，在他們親切的目送下，進到亞提安娜的精緻房間之後，他會趁著兩人獨處問她：「你爸媽看起來好像真的很喜歡我呢？」

「你好像很驚訝？」

「你是這個地區最美麗的千金小姐，人人都對你獻殷勤，而我只是個無名小卒，你爸媽卻待我像他們的兒子。」

「難道你不高興？」

事實上，艾菲爾是想要一點讚美。他當然有許多的優點，像是：外表好看、聰明、有抱負、瘋狂地愛著亞提安娜。布爾日家找不到誰比他條件更好的對象，可是，要答應他們的婚事又是另外一回事了。

古斯塔夫站起身，走向窗戶。每回看著波爾多的屋瓦，總是能夠令他心情舒暢，就如同有些人會藉由觀察某個結構、某個無法停止運轉的機械令自己安心一般。

他接著憂慮地問：

「你覺得你的家人會同意嗎？」

「我的家人都會聽我的。」

她又跟小孩子一樣說話了。

他挺直身子，說：「亞提安娜，我不是在開玩笑。我們已經談戀愛六個月了……」

「六個月！」亞提安娜重複了這幾個字，聽起像是在說：「二十年了！」

「也可能才一個星期……」

「你這麼覺得？」

「你爸媽對你大概有其他的期望。」

亞提安娜面色一沉。

「首先，你又知道什麼？再來，我才不在乎……」

「他們的理想肯定是找一個波爾多大戶人家的繼承人，有田地、葡萄園、森林、聯排別墅什麼的……」

「那些永遠都比不上我們這一代中最出色的工程師！」

艾菲爾微微一笑。

「你爸媽容忍我，是因為我目前所進行的計畫用的是他的木材……」

「他們不只容忍你，還邀請你同桌吃飯，進他們的客廳、花園，把你介紹給他們的朋友，並且對於我沒回家睡覺這件事選擇睜一隻眼閉一隻眼。」

「可是不能就這樣就認定他們會把女兒嫁給我。」

「要是他們真的覺得不妥，那我們在他們面前擁抱親吻時，他們就不會不說話了。」

艾菲爾身體僵直。他承認每當亞提安娜在她父母面前摟著他的脖子時，他總會感覺不自在。可是布爾日一家人似乎認為那只是心愛女兒的不正經，所以並沒有對此感到不快。布爾日夫妻在年紀大了的時候才終於盼到這個女兒，因此對於這個獨生女展現出包容與忍耐程度，無論是在那個時代或是就他們的身分地位而言，都是很罕見的。

像她父母那樣拘謹的中產階級，一定瞭解他們的女兒是個獨特之人，因而以如此的方式對待。

「另外，要是你這麼擔心的話，那就去問他啊！」

「什麼？問誰？」

亞提安娜鼓起了胸膛（雙乳在睡衣底下挺立著），她朝艾菲爾的方向伸出右手。

「我爸爸啊！」

艾菲爾開始擔憂了。這件事進展的程度超乎他的想像。

「我？去問他？我怎麼樣都不敢……」

亞提安娜不悅地雙手抱胸。

「你因為害羞就要放棄我嗎？那你的愛還真是無足輕重。」

艾菲爾開始猶豫了，尤其是亞提安娜只要一不高興，態度就會由熱情轉為冰冷。

「親愛的，我們不需要問他，這很容易看得出來啊？」

這些話連艾菲爾自己都不相信。亞提安娜固執地左右搖頭。

「也許在第戎，你們家不用這樣做，可是在波爾多，我們布爾日家呢，當一個年輕人向女孩的爸爸請求將女兒嫁給自己的時候……」

這種高傲的語氣讓艾菲爾感覺受傷，因為她端出她的出身來壓他，可他們倆明明都出身自勃根第中產階級家庭。只是一想到自己家的市區精美小屋比布爾日家的客廳還小，他便明白這場比賽他是沒有勝算了。

他順從地答應了。

亞提安娜臉上立刻又有了笑容。

而艾菲爾心裡也開始有了頭緒。去問那個布爾日先生？絕對不行！因為艾菲爾完全沒辦法忍受被直接拒絕。不過他還是想到一個妙計。

亞提安娜淘氣地說：「我不餓了……」

艾菲爾回過神來，看見她已經脫下睡衣等他，整個人就和灑在她肌膚上的陽光一樣閃亮、耀眼。

21

一八八六年，巴黎

有多少人受邀呢？亞提安娜以為她參加的會是一場不公開的典禮，結果貿易部會客廳裡竟然有三百個人爭相參觀這些不可思議的模型。

「全部的人馬都到齊了。」她說，同時向她認得的人微笑示意。

她的丈夫安東·德黑斯塔假裝不滿，在她耳邊悄悄說：

「德黑斯塔夫人，不要裝高雅了。」

亞提安娜似乎越來越緊張了。她原本不想到場，只是她丈夫堅持要她出席。

「這是競圖結果的發表會，所以你可以在那裡看到所有參賽的計畫，一定會很有意思的！」

不過就某方面而言，這麼多人到場，也便於讓她在不高興的時候逃離現場。雖說如此，她還是忍不住地以銳利的眼光仔細觀察在場的人士。她希望能夠看見他，卻又怕真的看見他……

她已經因為緊張而胃痛了好幾個星期。這折磨，全都是因為安東嘴裡說的都是艾菲爾：艾菲爾與他的塔；艾菲爾與他的計畫；艾菲爾與他的才能；他在很年輕、才剛受教育的時候就認識的艾菲爾；一個願意嘗試世上所有喜樂的艾菲爾；那個自從上回在同一地點舉辦的晚宴過後，已六個星期不見，但是卻與他們夫妻倆一同生活、一同呼吸、一同吃飯、一同睡覺的艾菲爾。只是安東這個人一旦沉迷於某件有興趣的事情，便會難以自拔，以致於古斯塔夫．艾菲爾成了一個永遠獲邀進入他們私生活的賓客；一個尖酸的幽靈；一個鬼魂，而他也從不知道亞提安娜會因而受到什麼樣的傷害——幸好她的丈夫什麼都不知道。

她貪婪地看著四周，心裡想著：「誰知道呢？」

結果，她看見了他……

更糟的是，她看見的是「他們」。她應該早就要想到他已經成家。她一直克制自己，不去問安東任何有關艾菲爾的問題，也因此，她對於艾菲爾的現況，除了那座塔之外，一無所知，而安東也似乎有意保護他的朋友，什麼也不多說，然而看著眼前這群緊貼在一起的人，她明白古斯塔夫．艾菲爾的人生也同樣在繼續著。那個神采飛揚的女孩，長相簡直就是他的翻版，而其他三個緊抓著她長裙不放的弟妹，也像是同一個模子刻出來的。不過，比較令亞提安娜訝異的是：沒看見艾菲爾的妻子。她待在家裡嗎？

「啊！他們在那裡！」安東．德黑斯塔準備要叫站在大廳另一側的艾菲爾一家人。可是亞提安娜激動地出手制止。

「讓他們一家人單獨在一起吧。他們一定很緊張。」

「也對……」

「我們去散個步，我瞭解你這個人，一旦和他們在一起，你就會離不開你的『親愛的古斯塔夫』了！」

安東聽了哈哈大笑。

「親愛的，你的觀察力真是敏銳。」

他大膽地親了她的脖子。她全身發抖，還特別將眼光轉向艾菲爾，就怕他看見他們倆的動作——其實沒有。此刻，面色蒼白、肢體僵硬的他正對著女兒說悄悄話，並且伸手摸摸么兒的頭。

「他太太在哪？」

「誰的太太？」

「艾菲爾的。」

安東隨口回答：「古斯塔夫的太太嗎？死了啊！」彷彿這個問題只是晚餐時的閒聊話題之一。

不過，丈夫這種吊兒郎當的態度讓亞提安娜心寒。

「死了？怎麼死的？」

安東·德黑斯塔不懂他的妻子，眼見這樣子像是受到了驚嚇。

「親愛的，你怎麼一副見到鬼一樣。我不知道她的死因。一定是因為生病吧。然後你也知道的，古斯塔夫娶的是他的事業……」

「不，我不知道。」亞提安娜焦躁地回嘴，接著快步走向那些模型。

德黑斯塔聳聳肩。他的妻子一向很有脾氣。她的個性衝動，有時莫名其妙就生氣。只不過她此時發的「小脾氣」是不會毀掉這美好的一天的。他走過去拉著她的手一起去看模型。

有幾個看起來實在太荒謬！看看他們面前這座，像是慶祝法國大革命百年紀念的巨型斷頭台。

「要是我們用這個保留法國大革命的記憶……」亞提安娜全身起了一陣寒顫。

「除了砍下人頭之外，這場殺戮到底有什麼用處呢？」

他的妻子抬眼望天，不過臉上微笑著：儘管她的丈夫與整個法蘭西共和國的關係友好，總還是故意擺出反動派的模樣；再說，他的祖先有一大部分最後都上了斷頭台。而德黑斯塔家族只有一個支系因有先見之明而逃亡英國——安東，正是其後代子孫。

這對夫妻繼續前進，從一桌走到另一桌，有的時候還得推開別人，就像是爭先恐後衝向自助餐餐台的人一樣，因為那些展示的模型通常製作得十分精細，需要湊近才看得清楚。

此刻他們站到了一根石柱模型前。這根石柱從底座到頂端都做了門窗洞、陽台和柱子。石柱腳下有一座尺寸比較大的建築物驕傲地展示它的名字：「軍人肺部醫院。」旁邊一名矮小的女士認真地問她丈夫：「來這裡的會是軍人，還是他們的肺啊？」

「我想那些軍人會把他們需要治療的肺留在醫院，然後回家等。」女士神情崇敬地說：「這就是科學啊。」

德黑斯塔夫婦忍不住邊笑邊走向下一個計畫。那是一個跟開羅的人面獅身像一模一樣的雕像模型。

安東詫異地問：「這跟巴黎有什麼關係？」

亞提安娜漠然地看著那座模型，整個人完全沉浸於幻想之中。但是比起剛才的暴怒，她丈夫倒寧願見她這個樣子。一座頭戴佛里吉亞帽[15]、腳跨塞納河的女性雕像，喚回了亞提安娜的注意力。這座雕像有個滑稽的名字：「河流上的瑪麗安娜」。

「雷奧，你看，這雕像是裸體啊！」那名矮個子女士不快地說。她一直緊緊地跟在德黑斯塔夫妻後頭。

她的丈夫倒是不怎麼訝異。他認真地端詳著這座雕像，想像著自己正搭著船從雕像胯下穿過。想著想著，眼神中逐漸充滿了淫慾。

德黑斯塔在亞提安娜的耳邊小聲說：「這位先生喜歡雙腿開開的啊。」亞提安娜噗嗤一笑，不過還是回嘴：

「得想個辦法放巴黎一馬吧。」

他們接著走到一座令人聯想起巴士底紀念柱的漂亮石柱前。這石柱看起來像是一層層廊柱的堆疊，頂端是一個巨大的燈塔。

「這是布爾代的計畫。他是古斯塔夫最大的競爭對手。」

亞提安娜打量著這座模型，掩藏不住內心的厭惡。

「醜死了。」

「或許吧，可是這座塔有不少支持者喔。布爾代[16]是塞納河對岸那座夏樂宮的建築師，所以他的塔放在夏樂宮對面的戰神廣場，可說是合情合理啊，而且他要把這座塔做為一座可以照亮巴黎的燈塔：這想法很美吧？」

他說話的語調令妻子感到錯愕。

「聽起來，你很喜歡這個計畫是嗎？」

「布爾代能力很強，就這樣。」

「那古斯塔夫呢？你是倒戈了嗎？」

德黑斯塔實在愛死了亞提安娜！當她看似心不在焉，活在自己的世界裡，卻是兩夫妻當中，心思最為細密的那一個。

「古斯塔夫不一樣。他會贏。」

這個回答讓亞提安娜的臉色再次變得和悅。他的丈夫是那樣地有信心。他走向亞提安娜，偷偷地在她耳後輕輕印上一吻。

「要是我喜歡布爾代，是因為我向來就偏愛輸家。可以說是我內在『反對分子』那

---

15 佛里吉亞帽（bonnet phrygien），這種無邊高帽又稱為「自由之帽」，在法國大革命中，佛里吉亞帽成為自由和解放的標誌而聞名。

16 布爾代（Jules Bourdais, 1835-1915），法國建築師。

一面的關係……」

此時，喧鬧聲突然變強，彷彿在場眾人感知到威脅降臨。

那名身材矮小的女士問：「發生什麼事？」

她的丈夫小心翼翼地觀察四周。

「評審要公布競圖結果了……」

安東得知這個消息，便一把拉住自己的妻子，推她到自己身前，說：

「走吧！我們晚一點再來看結果……」

與此同時，距離幾公尺遠的地方，艾菲爾一家人正在一張桌前焦急地等待著。

亞提安娜緊張得胃疼不已。

可是已經來不及退縮了。

⚜

要怎麼假裝？要怎麼不看對方？他們的眼神相吸，卻要騙人，假裝冷漠，不洩露出任何的蛛絲馬跡。安東為何偏偏就得選在今天帶亞提安娜前來？難道這是亞提安娜的主意，為的是報復那晚在洛克伊的晚宴上，他對她所表現的敵意——這果然是亞提安娜會用的方式……可是她顯得和他一樣尷尬。依他對她的瞭解，那個眼神是騙不了人的——她既覺得抱歉又覺得膽怯。想必是無法抗拒安東的堅持。剩下就是表現得無可挑剔、不啟人疑竇、謙恭有禮，還有冷漠的態度。這一天，是面向這座孕育夢想的高塔、面向未來，而非面向兩人都希望埋藏的回憶。

德黑斯塔感覺到妻子正抓緊他的手臂，於是說：「就連亞提安娜也很緊張呢。」艾菲爾用力擠出笑容來，可是他從她臉上讀出了許多東西，緊張只不過是其中一個小細節而已。

克萊兒走到他們身旁。

「爸，快開始了嗎？」

克萊兒注意到這個一直打量著她的女士。

「幫你們介紹一下，這是我女兒也是我的合作夥伴克萊兒。這是安東的妻子亞提安娜……」

克萊兒朝她點了個頭，說：「夫人，您好。」那雙詭異盯著她不放的貓眼令她有些不安。

「小姐，您一定很以父親為榮吧。」

幸好她的聲音比她眼神還來得溫柔。那是一種聽起來溫和而舒服的嗓音。

克萊兒狡黠地回答：「是的，我很以他為榮。」

「我也一直以她為榮，」艾菲爾邊說，邊一手環抱著女兒的肩膀，「克萊兒是我的幸運符……」

當他親克萊兒的時候，有那麼一會兒，亞提安娜閉上眼，別過頭去。

「克萊兒小姐，您看起來真討人喜歡。我可以直接叫您克萊兒就好嗎？」

「當然可以。」克萊兒誇大表現出她的親切，因為眼前這位女士令她害怕。

然而今天，令每個人都害怕。氣氛變得教人窒息，只要這該死的競圖沒公布結果，一切都是假的。這就是為什麼最好閉上嘴巴，沉默等待的原因。

克萊兒沒打聲招呼便默默溜到三個弟妹那裡。他們手裡端著橘子汽水，圍著餐台吵鬧。

艾菲爾輕輕一笑。

「我也想和他們一樣無憂無慮……」

德黑斯塔在他的肩膀拍了一記，回他：「你明明很清楚自己沒有什麼好擔心的。」

艾菲爾依然戒慎恐懼，畢竟他一向不愛在勝負成定局前就自覺勝券在握。他並非迷信，而是對於事情的不確定性存有敬意。艾菲爾是個熱愛數字、統計、計算的男人。

「或許我沒什麼好擔心的，可是有不少人喜歡布爾代的計畫，而他的塔實際上並不可行：這麼大的體積，需要龐大的地基支撐，也會影響整個地區景觀的均衡。」

雖然有些殘忍，但是德黑斯塔承認布爾代的塔是艾菲爾最強的對手。

「其實卡諾主席一直很喜歡夏樂宮……」

德黑斯塔看見他的朋友臉色大變。亞提安娜捏了丈夫的手臂一把，而且顯得越來越不安了。

他趕緊更正自己的說法：「不過只是這樣的話，那你也在你的塔頂放座燈塔不就得了？」

德黑斯塔的補充說明並沒能使艾菲爾稍微安心。貿易部的會客室裡逐漸感覺得到緊張。艾菲爾的臉不斷地抽動，雙手也無法克制地插著口袋，還得努力閃躲亞提安娜的眼光——而亞提安娜，同樣也不斷地閃躲他的眼光。當他們的眼神終於交會時，她以為從他的眼中讀到了「求求你，離我遠一點」，可是只要她準備逃離現場時，她的丈夫就會一把拉住她。

「你要去哪兒？」

她隨口謅了個理由，「去拿……香檳。」

德黑斯塔的手抓得更緊了。他指著房間另一側那扇正打開的大門。

「太晚了，別走。要開始了。」

此時，一位公證人高傲地走上前。

「各位女士先生，我們歡迎評審團！」

古斯塔夫．艾菲爾覺得心臟就要炸開了。

⚜

艾菲爾緊張到認不出任何評審員的臉。在他眼中看到的是一支雙胞胎軍團，每個人幾乎長得一模一樣，顛顛晃晃地逐漸走上了看台。就如同在大使館、國會、巴黎市議會裡所看到的一樣：每個人蓄著相同的鬍鬚、穿著相同的西裝外套、打著同樣的蝴蝶結……

當與會者走向看台時，那幾位評審也坐上了折疊椅，眼神中充滿令人作嘔的傲慢。艾菲爾被人群推到前方，幾乎與評審團一同站在鎂光燈下。

一陣香氣輕撫過他的臉。

一個聲音在他耳邊喃喃低語：「一切都會很順利的。」

艾菲爾感覺到了亞提安娜。他們的肩膀觸碰著肩膀，大腿挨著大腿。他望向另一側，瞧見安東正在稍遠處的一根柱子下，在記事本上做著筆記。此時安東抬起頭來，向他的老同學眨了個眼，示意他無須擔心。他雖然有點無奈，但還是感到一絲寬慰。然而當他發覺整個人就要被心裡的慌亂瓦解時，亞提安娜甜美、溫暖、親切的氣場，安撫了他的恐懼，給了他安全感。

最後進場的評審團成員，是評審團主席。

艾菲爾立刻認出了洛克伊部長的漂亮鬍鬚。部長滿意地看著底下眾人——這些公眾人物只能依靠自己在群眾心中的形象而活——他的眼光從艾菲爾的身上掃過，並未有所停留。

「各位女士先生。」部長不停地搔抓著喉嚨，率先發言。

艾菲爾又開始緊張了起來。為什麼部長沒有對他微笑？部長應該看出什麼來了吧？還是，部長只是注意到他也在場而已？

亞提安娜猜想到了他內心的焦慮，於是將身子挨得更近了。她的存在變得更加火熱。他們的手忽然輕觸，亞提安娜下意識地又移開手。艾菲爾感覺自己在一大片空無之中被遺棄了。

洛克伊繼續說：「九票對三票。獲選的計畫是……」

部長殘忍地吊眾人胃口。整間大廳裡的人覺得有趣，格格地笑了。艾菲爾的面色蒼白得像雪一樣。

「……艾菲爾建築公司，三百公尺高塔……」

玫瑰如雨般紛紛落下，紫羅蘭如暴風般襲來。整個大廳、整座城市、所有心神，都籠罩在一大片溫柔的雲朵之中。而在那個瞬間，一切都是真的，是合情合理，而且明顯到無須言語分說。

「啊！」驚奇的聲音響徹了整間大廳，顯示出在場眾人對於這項計畫的喜愛與支持。克萊兒跳起來抱住從頭到尾都保持低調的阿爾道夫。龔帕農拉著三個放下橘子汽水的孩子，不顧場合地繞著圈跳舞。

還有這個眼神：這個彷彿兩人沒想過還能夠再次相見的眼神，這個充滿默契、醉人的溫柔與情感的眼神。儘管許多的年歲過去，儘管有過痛苦、失望與傷痕，這一天，他們倆就在這裡。要是曾經有那麼一天，有人告訴艾菲爾，他的事業將會到達顛峰，那麼在那個時候，他唯一想要分享的女人會是……

只是他不讓自己繼續想下去。任何言語都沒有必要。她的手指偎著他手指的感覺，就取代了所有的演說、所有的誓詞。亞提安娜緊緊握住他的手，彷彿什麼都不能夠將他們的手分開。

什麼都不能……除了一個眼神。

兩隻眼睛正盯著這個其實無害的動作，安東．德黑斯塔的腦子卻一片混亂。為什麼？他是不是有哪裡不明白？他的洞察力錯過了哪個細節？他的職業是觀察、解讀，而他的文章向來以尖銳辛辣著稱，然而在他眼前的這一幕……

不，這是不可能的！一定是廳裡的人在耍他、用視覺的誤差讓他錯亂。於是安東．德黑斯塔走上前，可他們倆的手依然交纏，直到洛克伊走下台時，他們才放開彼此的手。

「艾菲爾啊！我真替您高興。」

「部長先生，我比您更高興。」

洛克伊認出了亞提安娜，於是吻了她的手背。

「您先生在哪兒呢？艾菲爾的成功絕對少不了他。」

「愛德華，我在這呢。」德黑斯塔掛著上流紳士般的沉著微笑朝他們走來，然後向部長鞠了個躬。安東來自一個人人懂得偽裝的世界，他接著沒看亞提安娜一眼，便轉身擁抱了古斯塔夫．艾菲爾。

「老兄，你看我說到做到吧……」

剛獲得的榮耀讓古斯塔夫整個人暈陶陶的，完全沒意會到這話中帶的刺。

他呼了一口氣，真誠地說：「謝謝。」

然而，德黑斯塔以為自己擁抱的是一條蛇。

22

一八八六年，巴黎

「這份榮耀完全屬於您！多虧有您，艾菲爾建築公司才能夠獲得這種舉世無雙的經驗！」

換他上台向群眾致詞。他很喜歡上台致詞。雖說他向來不愛譁眾取寵的人，也討厭在法庭上耍大牌的人，但他喜愛在場群眾認真聽他說話的感覺，一如他喜歡從看見他的建築作品的路人臉上讀出崇敬與疑惑之情。像是那座新近完工的加拉比特高架橋，不知有多少呂伊內（Ruynes）的居民詢問他關於那座橋的事情，而高架橋的鏤空拱門也預示了未來那座塔的鏤空拱門設計。

「艾菲爾先生，您是怎麼做到的？」

「像這樣的東西是不可能持久的！」

面對這類問題，古斯塔夫．艾菲爾會選擇迴避，保持神祕，就如同魔術師面對有人詢問從帽子裡抓出的兔子是怎麼來的時候一樣。

只是，這座以光耀法國為目的，必須在兩年之內完工的三百公尺高塔，是否能耐久？

他必須對此有信心，因為他的團隊得在這個條件之下才能跟著他的腳步走。而此刻，他們全都在他的腳下；全聚集在艾菲爾建築公司的中庭。艾菲爾該敬他們這一杯酒，表揚他們這幾個月以來的辛勤工作與研究……特別是宣告一場艱苦的工作即將開始！古斯塔夫想要紀念這一刻，同時鼓勵他們，激勵他們的士氣，因此他站在這個拖到中庭來，上頭還寫滿了一堆異國名詞：北圻、塞內加爾、巴西……的拖車上。

「我們即將進行的是沒有人嘗試過的事情。我告訴你們，你們的子孫將會因為你們在這塊工地上——在這塊『屬於你們』的工地上而感到驕傲……」

這番共有、共享的言論，讓在場工人聽了欣喜若狂。

艾菲爾又說：「我，以及你們，『我們』即將共同打造一個夢想！」

人群中響起了歡呼聲。工人紛紛將工地帽拋上天，並且相互擁抱。

艾菲爾隨即像個年輕小伙子一樣的跳下拖車，因為他沒有時間可以浪費。

當他的工人將杯中的阿爾及利亞酒一飲而盡之後，他打了個手勢，要他的夥伴來到他的身旁。龔帕農、阿爾道夫、諾吉耶以及其他人趕緊走過去。他們很訝異艾菲爾這麼快就收起了輕快的情緒。

龔帕農以折起的袖口抹了嘴巴，說：「你大可讓我們喝完吧？」

「我們只有兩年的時間！在那之後，我們就可以在三百公尺高的地方喝，而不是現在。」

其他人儘管讓艾菲爾的充沛精力給逗樂了，不免也面面相覷了起來。他快步穿過了工廠，猶如身後跟著參謀團的將軍。

「組件都會在這裡調整修改，然後再運送到工地去，並且現場組裝。我們得將工廠的產能提高三倍。」

龔帕農說：「三倍？可是古斯塔夫，我……」

「開始進行升降梯的招標。一定要邀請Roux這家公司，還有美國的公司參加。」

「好的。」龔帕農沉著臉，不過這樣的緊急場面，他也已經習慣了。

艾菲爾接著轉身吩咐其他人：「至於雷擊問題，先去法蘭西學院找馬斯卡爾教授談談，再去找貝克教授。」

每項吩咐都記了下來，但沒有人因此放慢腳步，因為艾菲爾繼續穿越工廠。

「女婿！人力！」

阿爾道夫嚇了一跳。

「什麼？」

「您負責招募工人……」

阿爾道夫完全沒想到如此棘手的任務會交由他執行。他停下腳步，環顧四周，接著快速地複習一下鐵塔的草圖。

「起碼要一千個工人。」

「三百個，不能再多了！」

他說出這個數字時，口氣相當堅決。

所有人都露出了擔憂的神情。面對大夥兒的詫異，艾菲爾微笑著說：

「我要的是最能吃苦耐勞的安裝工和木工。」他邊說邊繼續邁出腳步：「就算是薩瓦人、印第安人、雜技演員也沒關係。我要的是有毅力、沒有懼高症的人，不需要有特殊專長。」

他拿出一張寫滿數字的紙，表示經過這麼多人的計算，絕對能夠讓組裝工程變得更容易，就連一個五歲小孩也會知道怎麼蓋一座塔。

但龔帕農還是很擔心：「五歲？最好是！」

艾菲爾並沒有回嘴，而是轉身對諾吉耶說：

「找四個工程師重新計算四次。一個是綜合工科畢業的；一個是中央高等工藝學校畢業的；一個是巴黎高等礦業學校畢業，還有一個要是橋梁道路高等學校畢業的。我可不想到工地上還要再修改。」

諾吉耶蒼白著臉寫下艾菲爾的要求。雖然能夠拿到一筆可觀的金額是件開心的事，可是他不免也開始猜想，萬一這座由他設計的塔，到時有其他人也同時掛名設計的話該怎麼辦，而且艾菲爾表現得太過熱情、太過貪心，很有可能會把這個計畫佔為己有——可是這不也是夢想家或是建築師的天性嗎？

「一座每樣組件都與實物大小一樣的模型。然後，辦公室裡要放一座比例是一比一百的模型，當那座塔一動工就開始進行製作。」

他朝工廠以手大大地劃了個圓，提醒眾人，他想要處理的是在工廠內遇上的問題，而不是在現場才發現的問題。

所有人點點頭，意識到要進行的事項雖然繁雜，卻是最明智的決定。

「安全第一！為了預防工具掉落、寒冷、風吹，我需要防護欄，還要所有人都有羊毛皮穿。我不想工地有任何死亡事故發生。」

他開始氣喘吁吁，於是停下奔走的腳步，將身體靠在階梯扶手上，像馬拉松選手抵達終點般的喘著氣。

而後，他對龔帕農說：

「換你上場了。你替我下令動工吧……」

整群參謀都愣住了，就好似每個人都想抗議什麼，只是艾菲爾已經走遠了……

23

一八六〇年，波爾多

「艾菲爾要娶我的女兒？」

路易．布爾日驚訝不已。他從大扶手皮椅上起身，在書房裡大步走著，彷彿想要藉此驅趕這個想法。

「艾菲爾要我和您談談……」

沒錯，鮑威爾是認真的。艾菲爾要他前來提出這項荒謬的請求。十五分鐘之前，他親自上門來。布爾日以為他是來要求增加木材的數量。然而這個老闆卻縮頭聳肩，眼神畏縮，一副不自在的模樣，顯然因為這個任務而感到窘迫！

「不對，他到底把自己當成什麼了？」布爾日又想了想，並且敞開了窗戶。

從他的書房看出去就是花園。彷彿有意的安排似的，亞提安娜與艾菲爾正手牽著手，從森林邊緣走來。這幕景象令他臉紅。他忍住呼喚這兩個年輕人的衝動，好打發走眼前的這名不速之客。只是這幾個月以來容許這位年輕工程師出現在他們身邊的人也是他，布爾日實在沒辦法對他的寶貝女兒說不。她通常會迷戀沒有什麼內涵的紈褲子弟，古斯塔夫・艾菲爾起碼不一樣，況且他曾經與這個年輕人在夜裡爐邊聊建築、聊科技的未來發展以及其他人類相關話題，總是聊得相當起勁。路易・布爾日得承認，這整件事自己也有份，可事情並不會因此而變得簡單。這個艾菲爾很迷人，不但具有天分、前途無量，也充滿抱負。亞提安娜在這六個月當中也過得很開心。這個年輕人的到來，也為這個家庭帶來久違的溫暖與和諧。亞提安娜自從與他接觸之後，不僅長大了，也成熟了，整個人變成了一個迷人的淑女。布爾日夫妻也知道，在亞提安娜交往過的男性當中，沒有人像艾菲爾一樣的對她付出關心。而對亞提安娜來說，認識古斯塔夫・艾菲爾就像是場祝福，讓她徹底蛻變。布爾日夫妻也會在夜深人靜時，於房內思考著這件事。這種圓滿的感覺，讓平時常常為了亞提安娜的個性而引發爭執的布爾日夫妻，關係逐漸和緩。兩人都承認古斯塔夫・艾菲爾讓亞提安娜變好了，但是要說把女兒嫁給他嘛，就是另外一回事了。

這對情侶在花園裡開始擁吻。布爾日先生不悅地別過了眼。

「為什麼他要請您來？他大可以坦率地直接和我面對面，不是嗎？當一個士兵上戰場的時候，就要有打勝仗的信心……」

面對布爾日的指責，鮑威爾用讓人聽了心軟的話語回應：

「因為他知道您會說不。」

「怎麼會！」布爾日跌坐在扶手椅上，接著顫抖著手點了一支雪茄說：

「他以為你就能說服我嗎？我想你們倆的關係自從上回的落水事件之後也不大好了……」

布爾日說的是真的：艾菲爾確實惹到他了。艾菲爾的驕傲、個性、保護員工的方式，讓鮑威爾覺得他並不誠懇，但是所有人都肯定他是一流的工程師，而鮑威爾這個人又總是把利益看得比意氣相投還重要。

「您是個好父親，同時也是個人人豔羨的生意人，是吧，布爾日先生？」

布爾日看見鮑威爾的眼神中閃露出一絲狡猾，他的心裡有個聲音告訴他，這不僅只是說親而已，還是一場交易。

「鮑威爾先生，什麼意思？」說完，他粗聲地喘了一大口氣，那聲音穿越了整間書房，撞擊到壁爐上方的牆面。那裡有一幅畫作，描繪的是一對鄉間戀人，看上去就好似剛才窗外那對可愛的情侶。

「就如同您所觀察到的，古斯塔夫．艾菲爾是個易怒、有時極端的人……」

「這麼說其實不會讓我比較放心。」

鮑威爾朝花園裡的那對情侶看了一眼，接著告訴女孩的父親，如果拒絕這樁婚事的話，艾菲爾有可能會拋下工地不管。

「而我呢，我還有一座橋得完工……」

布爾日還是不明白鮑威爾到底想說什麼。

「所以我就得隨便把女兒嫁出去嗎？」

「當然不是的，」鮑威爾尷尬地說：「那是為了多爭取一點時間。一旦建物完成之後，您就可以告訴艾菲爾，您已經改變心意，而且您的女兒也不想要和他在一起了……」

布爾日對此做出持疑的態度。

「您知道這會傷透一個人的心吧？」

鮑威爾聳聳肩：

「艾菲爾嗎？那又如何？」

「我指的是我女兒！」

布爾日掄起拳，重重地往椅子扶手上搥，把鮑威爾給嚇了一跳。充滿怒氣的聲音，驚動了三隻棲在藤蔓上的鳥兒。而那兩個在草地上的戀人也轉頭看向了屋子。

「鮑威爾，您有小孩嗎？」

「沒有。」

「這下我懂了……」

布爾日忍住脾氣，抽了一口雪茄。

不想失去艾菲爾的鮑威爾，亮出了最後一張牌：

「您可以想像這對您其實也有好處吧？」

布爾日的臉上出現了一絲神采。

「繼續說下去吧。」

「到目前為止，我總共有三家木材供應商：您，波德，以及胡耶莫。」

布爾日的臉上浮現出一抹狡猾的微笑。成群的數字在他的腦中跳動。

「所以我會成為您唯一的木材供應商？」

鮑威爾點頭。布爾日站起身，給了他一支雪茄。

「唯一、僅有的供應商。」

鮑威爾深深坐進了扶手椅，愜意地看著雪茄裊裊上升的煙霧，倍覺心情放鬆，與此同時，布爾日又打開了窗戶。

「亞提安娜！古斯塔夫！你們過來！我感覺你們兩個在我面前遮遮掩掩，神神祕祕的。幸虧有這位好心的鮑威爾先生幫忙傳話……」

古斯塔夫握住了亞提安娜的手。這對未婚夫妻一起跑向了屋子。

24

一八八六年，巴黎

貿易部的庭園景致優美。時值春末，花朵、香氣、色彩共同譜成了一首交響曲。草地上架起的天幕帳與玫瑰園十分協調：繽紛淡彩襯出了女士的美麗與男士的高雅。餐台上食物豐盛。愛德華．洛克伊的辦事能力果然沒話說！如果他對美沒有鑑賞力的話，是否會選擇另一項計畫呢？會選擇布爾代那座矮矮胖胖的塔，還是那座可笑的巨型斷頭台？不過古斯塔夫．艾菲爾此時已經不在乎了。舞台是他一個人的，他可以無所畏懼地遊走其中，況且他也喜歡工作。社交活動在競圖前有存在的必要，可是既然他已經是法國代表，他就有比吻手、抬頭挺胸還重要的事情做。要不是德黑斯塔堅持的話，此刻他人應該在工廠裡。

「古斯塔夫，洛克伊為了你特地安排這場黃金派對……你是他的英雄……別這麼不懂得感恩……」

「沒有什麼英雄，也沒有什麼感不感恩的。我有完工期限得遵守。現在已經是六月中了，而一月一日就得開工。我只有六個月的時間可以檢查、控制、重新計算、提前準備……所以你覺得我還有時間去喝香檳嗎？」

德黑斯塔斷然地回答：「有，你有時間，因為你別無選擇。」

他接著又說自己會和妻子一起到場。

正如德黑斯塔猜想的一樣，這個理由立刻說動了艾菲爾。

德黑斯塔沒有多說什麼，但腦中的想法越來越明確了……

艾菲爾避開那些討厭的人，在貿易部的花園裡大步走著，同時守著德黑斯塔夫妻的出現。他已經到了半小時，而這半小時當中，他不斷地避開那些向他祝賀的陌生人（那些人對於他冷淡的態度感到訝異：這些藝術家啊，實在是……），就連洛克伊也對他說了這麼一句：

「哎，艾菲爾，我為你辦了這場小型派對，結果你怎麼一張臭臉？」

「部長先生，請原諒，我一直在專心計算，所以很難分心去注意其他事情。」

洛克伊重重地在他背上拍了一記之後，給了他一杯香檳。

「喝吧，工程師先生。歌劇哈姆雷特不是這樣唱的嗎？『美酒消千愁』。」

「我並不憂愁啊……」

「我也唱得走調啊！」

貿易部長大笑，接著走向其他賓客，同時打了個手勢，示意他們別去打擾他。

此時，他們終於到了。

亞提安娜的容貌令古斯塔夫大為驚豔。隨著時間過去，她的外表更佳顯眼，也更加精緻。當歲月的流逝成為許多女性的痛苦災難時，亞提安娜卻似乎不受任何影響。

每次他在擬化他的鐵塔時，總會想起亞提安娜，那記憶更是變得十分清晰。同樣的身材，同樣的眼神、自信與如同舞者般挺直的背脊。如今，她的頭髮甚至還更加濃密柔順了。亞提安娜．德黑斯塔與那些戴短面紗、大口吃著奶油烤白菜、同時不忘盯著餐台的蠢婦，似乎不可能屬於同個年紀。然而當艾菲爾看著那些婦人的丈夫時，看見的是年紀與他和德黑斯塔相當的男士。到底亞提安娜有什麼祕訣呢？還是她又施了什麼魔法？記得她在波爾多時，總會目光炯炯地炫耀自己會魔法。關於這些，艾菲爾永遠都不會知道，只是二十七年過去了，這個布爾日家的小女兒竟比他見到她的第一天還美麗。

德黑斯塔朝他走來：「古斯塔夫，我就知道你會來。」接著，他轉身對他妻子苦澀一笑，說：「別看他外表孤僻，他是全巴黎最熱衷社交的人……」

這句話惹惱了古斯塔夫。他覺得德黑斯塔這陣子變得比以前冷漠，也不那麼有活力了。既然現在他已經贏了他的比賽——他的計畫在競圖中脫穎而出——這位記者應該也玩膩了手上的玩具，所以他與德黑斯塔夫妻見面的時間就變少了？他某部分的意識覺得解脫了：終於可以心思平靜地進行他的工作了，可是另一部分的意識卻感到了心痛。

亞提安娜還是保有著冷漠、難以猜透的本性。兩週前的兩手交握，至今他的手中依然留著她手心的溫度。

當她轉頭看向中央草坪時，那對貓眼亮了起來：

「你們看！連樂隊都有！」

十幾名樂手登上了小小的舞台，並且開始調音。

洛克伊拍了拍手，宣布：「朋友們！音樂開始！」

當樂隊演奏前幾個小節之時，部長小跑步到他的特別嘉賓身旁，以一種既嚴肅又天真的口氣說：

「艾菲爾，請您開舞了……」

古斯塔夫・艾菲爾突然覺得尷尬——他一直都很討厭跳舞——他環顧四周，一對對的夫妻都等著舞會國王進入舞池好開始跳舞。

他覺得自己的臉都紅了。

「艾菲爾啊，我可不是要求您登天啊，雖然說登天對您來說似乎還容易些……」

在走投無路的情況下，艾菲爾向亞提安娜求助。他感覺自華爾滋舞曲的樂音一響起，亞提安娜就焦躁起來了。

「夫人願意賞臉嗎？」他問。語氣顯得太過於禮貌。

亞提安娜以一個淡然的眼神，徵詢丈夫的同意。德黑斯塔雖然面如死灰，還是點頭了。在眾人殷切的目光之中，兩人走進了舞池。此時，無論是古斯塔夫或是亞提安娜，沒有人注意到德黑斯塔灼熱的眼神正跟隨著他們的腳步。

「這個時候的亞提安娜特別漂亮。」洛克伊的口氣裡有些苦澀，「你運氣真好，有這樣一個妻子真幸福……」

德黑斯塔沒有答話，只是雙手插進了口袋，一看到有位女士靠近了，便立刻邀她共舞。

艾菲爾與亞提安娜沒再說話。如今有理由可以如此靠近、碰觸對方、彼此相擁，令他們感到激動又害羞，幾乎不敢看對方一眼。他們都認得這首在近幾年紅遍世界、由瓦德都菲爾[17]所譜的〈溜冰圓舞曲〉，每場派對、晚宴一定有人以口哨吹奏，或以鋼琴彈奏，或者哼唱這首曲子。他們感覺自己彷彿在這片淺色木板舞池上滑行，兩人雙腳相互追逐、膝蓋相互交纏、身體不停地旋轉，每個動作都意外地輕快。

亞提安娜低語：「我都不知道你會跳舞……」她一直忍不住地注意四周，眼神時而與丈夫空洞的眼神交會。他看起來就好像和一個布娃娃跳華爾滋。

「在這二十七年當中，我有很多時間學習……」

艾菲爾的回答讓亞提安娜顫抖了一下。他感覺她全身突然僵硬，於是更用力地摟住她，甚至將手往她的腰部、大腿探去。他感覺到她的身體越來越熱。

「古斯塔夫，人家在看呢。」

可是艾菲爾就是不在乎。亞提安娜人就在眼前；就在他的懷裡，而且更加有朝氣，也比在波爾多的時候更加年輕、真實。她用的也還是一樣的木質混和玫瑰香調香水。她的肌膚是如此地柔嫩，幾乎不見歲月的痕跡，當他的手指撫過時，就好像花朵綻放開來。還有她貼近他臉部呼出的氣息——那種他無論何處都能認得出來，總令他聯想起覆盆子與桑椹的氣息；而她的身體也散發著果香與誘惑。這一切讓艾菲爾感覺到一股慾望自心底湧出，令他無法呼吸、肌肉緊繃，攣縮起的手指掐住了亞提安娜的身體。她顫抖著，微微地喘氣。

她低聲說：「我們最好不要再跳了。」

擔心這句話會趕走他，於是她將手貼住他的胸膛，讓他的慾望更為高漲。艾菲爾整個人變得滾燙，雙唇顫抖。此刻，兩人眼對著眼，彷彿即將進行正面決戰。德黑斯塔在他們不遠處跳舞，他懷著不解而又恐懼的心情，注意著他們的一舉一動。他接著看見她在撫摸古斯塔夫的胸膛之後，將他抱得更緊了。這一幕令這個做丈夫的心煩意亂，不知所措。

這兩個跳舞的人是否察覺到自己在做什麼？又是否意識到自己在別人眼中的形象呢？其實沒有人注意到他們兩個。除了德黑斯塔之外，所有賓客都陶醉在瓦德都菲爾的音樂裡，全神貫注於踩踏的腳步、伸展的舞姿之中。

這時，一對夫妻輕輕地撞上了他們，亞提安娜恢復了理智。

「抱歉。」她的聲音聽起來有點虛假。

艾菲爾沉默了一會兒之後，也換上了一副虛假的笑臉。

17 瓦德都菲爾（Émile Waldteufel, 1837-1915），法國鋼琴家、指揮家、作曲家。

「您的父母都好嗎？」
亞提安娜咬著牙：
「我不知道。我們已經沒有往來了。」
艾菲爾忍著不露出滿意的笑容。他難得如此厭惡人類、階級、身分，得知亞提安娜脫離了這些框架束縛，令他十分開心。
此時，他們發現德黑斯塔已經不跳舞了，只是朝他們一笑，而且笑得很僵硬。
「你愛他嗎？」
在艾菲爾懷裡的亞提安娜再次全身僵硬。雖然她裝出不為所動的表情，但是當艾菲爾將她摟得更緊時，一股電流從她的腹部直竄至嘴唇。
「亞提安娜，你在發抖。」
「停下來吧。」
然而他們仍然繼續跳著這首永不停止的華爾滋，這就像是一種折磨，卻又給了他們無比的歡愉。
當樂曲演奏到了最後的幾個小節，跳舞的人也開始加快腳步，準備最後的跳躍時，艾菲爾俯身在亞提安娜的耳邊說話，只是他的聲音被小提琴的撥奏給蓋住了，聽起來斷斷續續。

「聽我說……你聽我說……巴蒂諾爾[18]有一間叫『刺槐』的旅店。那地方不難找。到那裡跟我會合吧，任何時候都可以。我等你。」

對亞提安娜而言，這些話都只是多餘的。

「夠了……」

甚至在樂隊都還沒結束演奏之前，她整個人便猛力地往後退，動作之大，令她的舞伴差點摔倒。艾菲爾連忙抓住一位身材高大、蓄著金色長鬍鬚的男士以撐住身體。那位男士並不介意，反而因為能夠為當代英雄提供支撐而開心不已。

音樂停止了，一對對男女互相讚美、互相敬禮。

艾菲爾向亞提安娜鞠了個躬。她一動也不動，宛如一座雕像。

她輕輕地說：「古斯塔夫，我們之間結束了。這一切太可笑，也太沒有意義。我有我的生活還有丈夫。你放過我吧。」

接著，她斷然地轉身，走回她的丈夫身邊。他正拿著香檳等著她。

---

18 巴蒂諾爾（Batignolles），一八六〇年併入首都，今於巴黎第十七區。

25

一八八七年，巴黎

部長很害怕。他雖然沒說什麼，但是當他進入金屬狹長通道時都緊張到胃抽筋了，而且隨著踏上台階的腳步也不見緩解。

「各位，看看我們的洛克伊先生！」一個聲音自他的腳下傳來，聽起來距離尚遠。艾菲爾立即替那些人說話：「請原諒我的工人吧，因為他們覺得這樣沒大沒小很好玩。他們每天待在地底下十二個小時，所以有的時候難免會忘了尊重怎麼寫了……」

洛克伊抬眼看著也走進來井裡的艾菲爾，嘟噥說：「不要緊……」

愛德華．洛克伊並不在意尊不尊重這回事，他只是不懂自己為什麼要答應頂著冬末的嚴寒，參觀這座已啟用幾個月的工地。艾菲爾大可以等到初始的結構出現在地面上時再邀他的。他喜歡景觀，不喜歡洞穴；他也沒有懼高症，喜愛讓風拍打著臉，但就是討厭洞穴和隧道。他甚至不願意搭電梯。只是此刻有太多的新聞特派員在上頭等著他，他必須在人前表現得親切友好，並且在參觀結束之後回答提問與拍照。

洛克伊感覺自己的腳似乎要踩空了，忽然想到：「該不會我再也出不去吧……」

「部長先生，您可以滑下去。」

兩名男子抱住他的雙腳，幫忙他落在沉箱地面上。

地面？不，應該說是黏糊糊，而且跟這個幽暗空間的空氣一樣潮濕的黏土泥漿。

這裡總共有幾個人呢？大概二十個吧？大部分的人並不怎麼留意這位打著領帶、以收腰禮服詭異地搭配高筒膠靴的訪客。每個工人都有自己負責的工作：有的人挖土，有的人搬運填土，有的人在由一條中央管道以繩拉送的水桶內裝滿填土。

洛克伊瞇起眼睛以適應這個昏暗的環境。整個空間的照明只依賴著一盞簡陋的乙炔燈所散發出微弱的光線，但是所有人似乎對此毫無怨言。每個人都忙著自己的工作，沒有人說話。但那又有什麼用呢？機器的吵雜聲還不是大得令人無法忍受。

艾菲爾跳到了他的身旁，向他指出圍堰的不同細節。不過那些技術性的說明，洛克伊根本不在乎，一心只想上去。

他大聲說：「沉箱如果塌陷了不是很危險嗎？」

「是啊，不過那是唯一的方法。我們挖土的速度得比塌陷的速度還要快。」

艾菲爾發現這個回答令部長擔心，於是伸出一根手指在喉嚨周圍繞著圈圈。

「要常常吞口水，空氣太乾燥了。」

「乾燥？」洛克伊看著這個腳下會晃動又泥濘不堪的空間。

「塞納河那一側很快就會有兩座塔墩了。」艾菲爾興奮地說著，整個人被這座工地給迷住了。

「您的機器實在太傷耳朵了。」

「那是因為過壓的關係……」

突然一聲尖叫，所有動作一致加快。大夥兒擔心地互看彼此，不少人轉身看著艾菲爾。他的態度依然冷靜。接著，這位工程師拉著部長，帶他到另一側，讓他站在加高的台子上。

「別動！」

洛克伊以為要遭殃了。只見水開始從各方漫了上來！雖然艾菲爾依然鎮靜，但是洛克伊看見工人強忍著內心恐懼，不安地看著水快速淹過自己的腳踝。

洛克伊嚇壞了，喃喃地說：「塞納河河水……」

但是艾菲爾氣定神閒地走向一個壓力表，輕輕地調高壓力。

在場工人神情恢復輕鬆地看著淹上來的水開始消退。

一名工人悄悄地對部長說：「雖然說這種狀況每天都會發生，可是每一次我還是會嚇到快尿褲子。」這口氣就好像他們兩人是老朋友。接著，他從口袋裡掏出一個長頸大肚瓶給部長：

「來口燒酒吧？」

部長連回答都沒有，直接搶過酒瓶，三口就喝完。

「啊，政治圈的人都這麼渴嗎？」

「真的很抱歉……」

「艾菲爾先生，我不想失禮，不過應該要讓部長先生上去了。」

洛克伊眼神感激地看了那名工人一眼。那工人隨即回頭繼續工作。接著，在其他人的協助下，艾菲爾與部長終於進入了那條狹長的通道，這時部長才恢復鎮定。

「我覺得這不是很安全，何況我也開始接到人們來信表達深深的疑慮，河邊居民都非常不滿……」

艾菲爾沒想到會在一個梯井裡與部長進行這樣的對話。

「是應該讓他們表達的……」

洛克伊接著強調：「可是艾菲爾，他們的抱怨得要聽進去。」

巴黎的天空似乎讓人提前淺嚐了天堂的滋味。儘管天色灰暗，冬日濛濛細雨灑在戰神廣場上，部長依然覺得如同置身於春日最美的時光當中。終於呼吸到了新鮮的空氣！

記者紛紛上前。

「部長先生，請問您的第一印象是什麼？」

「部長先生，您在底下看到了什麼呢？」

「您認不認為這座塔能夠支撐塞納河的附近區域呢？」

「請談一下圍堰的狀況吧！」

洛克伊重新擺出政治人物的架勢。他心滿意足地看著眼前所有的記者。

「這些技術問題，只有艾菲爾先生才有辦法回答。」

接著，他轉身看著同樣剛踏出梯井的艾菲爾。艾菲爾正準備開口，一名年輕記者便打斷他：

「對於居民的抱怨，您將如何處理呢？還有那些藝術家反對這座鐵塔建造的請願書呢？」

洛克伊的表情僵硬。他懦弱地轉身看著艾菲爾，彷彿低聲說道：「我是怎麼跟你說的？」

26

一八六〇年，波爾多

眾人驚奇地張大了嘴。這座天橋稱得上是巨匠之作。在這之前，他們只是遠遠地注意著這座橋的進度，或是在經過工地時，轉頭看一下而已。可是在這個燠熱的八月星期天之中，波爾多人才真正花時間好好地看看這座橋，並且承認完全被迷住了。

「鮑威爾先生，這座橋真的太美了！」

「就好像蕾絲一樣啊！」

「您真是一位藝術家！」

鮑威爾神氣地走入一群又一群的人叢裡，收下了一束又一束的花。在夏末灰暗的天空下，一群精心打扮的人們，穿著正式地參加這場落成典禮。

當鮑威爾聽著另一個讚美之詞時，一名工人出聲抗議了：

「不好意思，艾菲爾先生才是真正的藝術家吧！」

說話的同時，他指著躲在人群後頭，表情帶著一絲嘲諷地看著人群開始騷動的艾菲爾。

「艾菲爾？艾菲爾先生是誰？」

鮑威爾立刻裝出了和藹可親的表情，同時彈了一下手指，示意艾菲爾上前。

「是的，沒錯！古斯塔夫．艾菲爾是我的總工程師。他是一位很有才華、前途不可限量的年輕人。」

艾菲爾彎腰鞠躬，不過一隻手抓著鮑威爾的手臂，就像是在與一種無聲的焦慮搏鬥。他從這一早就覺得有某些事情令他心煩，至於是什麼，他又說不上來。一定是因為八月的暴風雨的關係，可是他不喜歡這種沉重的感覺，因為那就好像是一種盤桓不去的威脅。

艾菲爾問：「整個團隊的人都來了嗎？」

「對，都在那裡。」

「他們的夫人也一起來了嗎？」

「好像是。」

「市長來了嗎？」

鮑威爾回答：「他剛到。你看餐台那邊，他正在喝啤酒，看起來口很渴的樣子啊！」

「天氣熱成這樣，我實在可以體會。」艾菲爾邊說，邊取下衣服上可拆卸的假領結。

看這個工程師如此焦躁不安，鮑威爾頗感訝異。

「古斯塔夫，怎麼了？你今天應該要開心才對啊。你的高架橋已經完工，而且剛才收到的讚美，很明顯其實都是要給你的。」

鮑威爾的誠實令艾菲爾意外。不過他的讓步妥協，背後是否隱藏著什麼？

在他們的周圍，工人與中產階級齊聚，眾人舉杯慶祝，真的是一場美好的落成典禮。可是古斯塔夫・艾菲爾卻表情凝重，而且似乎在等候著什麼。

一名身材矮小、蓄著鬍鬚的男人拍了一下手，說：

「各位女士先生，現在我們要拍照了！請團隊的所有成員都到河岸上去，站在橋墩底下。」

語畢，只見工人們紛紛動作。他們將酒杯交給他們的妻子、女兒、女伴，而後快步走到了加龍河邊。他們的女眷真是以她們的男人為傲。

鮑威爾親切地將手貼在艾菲爾的背上。

「去吧，古斯塔夫，這張照片會傳遍整個法國……」

然而艾菲爾卻不想動，並且還一直望著萬分空蕩的工地入口處。

鮑威爾失去了耐性：「怎麼了？大家都在等我們啊！」

「這張照片裡不能少掉布爾日家的人！」

鮑威爾很想要保持鎮定，可是他辦不到，一張臉逐漸扭曲，眼神游移不定。

「你就過來吧！」

「到底怎麼了？你為什麼看起來不高興？布爾日一家人到底在哪裡？」

鮑威爾不知道該如何回答。儘管打從幾個月前，他就猜想到會與艾菲爾有這樣的對話，然而，他沒想到的是，竟然會是在舉行落成典禮的這一天。如此一來，路易．布爾日可不會稱讚他做得好——只不過才幾天前而已，鮑威爾在布爾日的大宅邸花園裡，與布爾日一家人在大陽傘底下進行「家族聚餐」。那天，布爾日對艾菲爾還以岳父對未來女婿的口吻說話，沒有人看得出那只是在做戲，因為那兩個男人看起來意氣十分相投。那位富有的波爾多男人沒有兒子，因此他毫不掩飾對艾菲爾的疼愛。至於那位有時態度十分冷淡、姿態高傲的布爾日夫人，臉上也逐漸洋溢起笑容與關愛之情，只是他們與鮑威爾都明白結果將會是如何。然而，時間一星期一星期地過去，路易．布爾日似乎忘了他與鮑威爾說好的約定，而讓鮑威爾理所當然地猜想：他是不是改變了心意？從某方面來說，既然天橋已經接近完工，剩下的就只是私事一件，對鮑威爾而言，那也就不痛不癢了。他想，或許這位有錢人後來認為艾菲爾能夠配得上他的女兒，尤其是她在他身旁顯得十分幸福、甜蜜。只是……不對，布爾日一家人缺席這場天橋的落成典禮，就證明了事情還是照原訂計畫進行。艾菲爾此刻正享受的勝利，即將轉變成一場背叛——而鮑威爾，就是那個叛徒。

他抓住艾菲爾的手臂。

「艾菲爾，我拜託你去拍照吧。」

可是艾菲爾不動，嘴裡只是唸著一個名字：

「亞提安娜……」

鮑威爾已經勸不了他，於是放開艾菲爾的手，以一種可惜的聲音低低地說：

「古斯塔夫，我很抱歉……」

艾菲爾全身僵直，踉蹌地走到了工地出口。

27

一八八七年，巴黎

又是勞累的一天！整個冬季，雖然會遇到礙事的雨天，但是工人們都在地底下工作，不受影響；而夏季的時候，在大太陽的照射下，工地上的工人簡直像在沙漠裡進行工程，他們得不停地往身上灑涼水，喝光水壺裡的水，擰乾汗濕的鴨舌帽。當古斯塔夫·艾菲爾不在工地的時候，就會在西北側橋墩後方小屋裡不厭其煩地核對檢驗所有的計算、測量與每個動作的連貫性。這座塔遠比鐘錶還精密，甚至像一座令人生畏的紙牌城堡，只要有任何一點的不精細，就會垮落地面。這也是河邊居民所擔心的部分。這座塔只要還不見影子，他們的心裡也就還有一絲希望。可現在這座塔開始在戰神廣場旁邊逐漸有了模樣，他們也就不能再當鴕鳥了：法蘭西共和國在他們窗前硬是放了這座龐大的鐵塔，從此之後，綠蔭美景、遠眺軍事學校與夏樂宮的景色都成了過往，更不用說這座建物還會遮蔽日照，帶來陰影，偷走他們的陽光。

艾菲爾每天一抵達或離開工地時，就會成為憤怒人士的目標。總是會有一兩個抗議人士在柵欄的另一側拿著標語，吼叫出他們的憤怒。對於這些人，艾菲爾會依據當日心情的好壞決定態度圓滑或是粗魯，但是他總是拒絕見他們。後來，不滿的人改成寫信，幾千封的信紛紛寄到……

「今天起碼來了二百封……」龔帕農拿起艾菲爾辦公室裡的一個麻布袋，把裡頭的東西倒出來時，憂心忡忡地說。

此時，艾菲爾正在一面小屏風背後換衣服——他不想回到家的時候，穿著沾滿泥土灰塵的衣服抱自己的孩子。

「拿幾封看看……」

龔帕農咬著牙，打開了第一封。

「可恥的路燈。」

艾菲爾邊打著領帶，邊笑。

「還不錯。下一封。」

「巴黎的贅疣……」

他聳聳肩。

「老哏。為什麼要抄襲呢？真遺憾……」

艾菲爾漫不經心的態度經常讓龔帕農擔心不已，他總是不太在乎那些輿論。他扣好了背心，接著走向那堆信前，雙手一捧，還做出了滑稽的鬼臉，模樣就好像吝嗇財主捧著自己的金幣一樣。他隨意選了一封拆開來讀。龔帕農看著他的臉色逐漸發白，接著把信紙揉爛，丟進了垃圾桶。

「我很不受歡迎。」他拿起掛衣鉤上的大外套，如此承認。

「你知道河邊的居民不只是要求停工，還要我們把這六個月辛苦搭建的成果拆乾淨。」

艾菲爾回答：「他們不會如願的。」同時戴上了帽子，對著一面小鏡子檢查衣著。

「那你就錯了。他們已經擬了一張經過數學家和地質學家證明的危害與風險清單，甚至還算出了萬一那座塔崩塌時，會有多少的死亡人數。」

艾菲爾不悅地咧嘴，但是他似乎並沒有為此而擔心。

龔帕農堅持說道：「你一定得看看新聞。」

聽他這麼一說，艾菲爾的身體瞬間僵直。報紙……沒錯，長時間以來，巴黎的新聞媒體總是支持他，他也以為德黑斯塔在巴黎的新聞媒體界裡呼風喚雨，無所不能。然而，當他的計畫一提出並執行之後，德黑斯塔也開始對他保持距離。他們倆從去年之後就幾乎沒再見過面。不過就某方面來說，艾菲爾覺得這樣反而比較好，因為他需要集中所有的注意力與腦力攻打這隻金屬怪獸。每當他與這座塔在一起，就有點像是與她在一起。只要亞提安娜的面容浮現眼前，他的心臟便會撲通狂跳。他是真的想念她。每天一想到她人就在巴黎、就與他在同一座城市裡，他便覺得平靜但也擔憂，雖然放心卻也緊張。他的青春已經遠去，痛苦也應當屬於過往，現在唯一重要的是這份對於建築的狂熱、這顆贅疣、這根可恥的路燈……這幾封咒罵的來信都不能夠使他偏離任務！

襲帕農又說：「不只這樣，莫尼耶來見過我。他說，大家要求加薪……」

艾菲爾無力地嘆了一口氣。

「你比我還清楚這是不可能的……」

「他們威脅要罷工……還說，現在塔身越來越高，他們都得冒著生命危險……」

顯然所有事情都在跟他作對。

他打開小屋的門，打手勢示意襲帕農出去，好讓他鎖門。關於這座塔的所有草圖，甚至包括那座珍貴的模型全在裡頭。都已經收到了這麼多的辱罵，總不能再多了遭竊的麻煩。

「他們一直都知道那座塔的高度不會只有現在這樣。」

「知道是一回事。整天都得保持平衡又是另外一回事。」

兩人動作一致地抬頭望向那座巨大的鷹架。看起來真的是太壯觀了！四根塔柱就如同四個方位基點，自地底竄出，也讓人聯想到遠古生物的骨架——沒有人知道那是屬於某個神祕時期的遺跡，還是某個樂於創造生物的瘋狂科學家的作品。這四座如蛛網般的結構往上爬升，在中途戛然而止，隨即相互精準結合成了鐵塔的第一層……真的好美！知道自己將會在好幾年之後，送給巴黎、送給法國一座全世界最高的建築物，有時甚至會讓他感動得熱淚盈眶，就算收到幾封咒罵的信件也值得了，對吧？那些抗議只不過是萬獸之王頭上的幾隻虱子而已；都只是小事情。

可是龔帕農總是不時提醒他關於這項計畫的另一個現實面，那就是：成本。

「古斯塔夫，你別忘了巴黎議會條款中寫明了：若工程連續中斷二十天，我們就得自費全數拆除，沒有任何挽回的餘地。所以我們最好得避免罷工這種事情發生。」

「會的……我們會避免的……」艾菲爾一邊低聲埋怨，一邊溫柔地輕撫過一根小梁柱。他可不希望這些事情發生，而且按理說來，那是龔帕農的事。他呢，只要顧好他的塔就好了。

「啊，對了，還有一件事……」

艾菲爾開始不耐煩了。

「又怎麼了？」

「梵諦岡也反對。」

艾菲爾笑了出來。他一直受不了那些修士，初中時被打屁股和懲罰的記憶到現在還深印在腦海裡。

「這嘛，算是好消息呢。」

「教宗表示，鐵塔的高度羞辱了巴黎聖母院。」

艾菲爾聽見教宗意見如此，心情頓時愉快了起來。他腳步輕快地走到了工地出口。外頭天氣舒服美好。傍晚時，熱氣逐漸散去，巴黎的天空呈現出只有在夏日黃昏才有的粉紅玫瑰色彩。

「教宗應該要跟我們道謝才對。因為我們，大家才能更接近神啊。」

艾菲爾不願面對現實的個性，有時候還真讓龔帕農感到害怕。每次他脾氣拗起來的時候，就會拗到底，而且似乎對於某些現實會選擇視而不見。

「你可以開玩笑，但是這最後會讓我們倒大楣……」

艾菲爾認真地看著龔帕農。他們倆認識了這麼久，也共事了這麼多年，龔帕農一直都是那麼容易焦慮、擔憂與吹毛求疵。

「你變得這麼迷信啊？」

「古斯塔夫，搞不清楚的人是你。你知道現在整個巴黎群起反對你的塔嗎？提醒你，今年冬天，在開工的前幾天，那些藝術家遞交的請願書如果通過的話……」

「藝術家？你是在開玩笑吧？」

「作家莫泊桑、小仲馬，作曲家古諾、劇作家薩爾杜、詩人科佩，甚至還有你最親愛的建築師加尼葉……對，我稱他們那些人是藝術家。」

艾菲爾神情開始凝重。他雖然不在乎別人對他的嘲笑，但是那封粗暴而正式、且於一月時在巴黎藝術圈流傳的請願書，深深傷了他的心。他的某些老朋友，像是夏爾樂．加尼葉，也指責這座三百公尺高塔的計畫。與此同時，雖然相比之下，政府更忙於應付布朗熱將軍的勢力崛起，與法德兩國的危機，但是這件事是巴黎沙龍間的熱門話題，因此這場論戰持續了許久。而這次，以往總是會特意滲透進反對陣營的德黑斯塔，卻再次選擇悶不作聲……

「這些所謂的『藝術家』到底在想什麼？他們以為工程師打造堅實的物體，就製造不出美麗的東西來嗎？難道他們不明白，力的真實作用是在美感和實物之間取得協調？」

「古斯塔夫，你該說服的人不是我，而是他們……」

這麼說的同時，他指著一疊落在工地入口通道上的標語：那些抗議人士沒有勇氣把那些東西帶回家。

艾菲爾低頭撿起了其中一張寫著「巴黎是非賣品」，看完後，他把這張丟到另外一張寫著「鐵塔是廢鐵」的標語上。

「你的德黑斯塔有做什麼嗎？媒體、名聲……這些事情，負責處理的人不是他嗎？我要提醒你，直到鐵塔第一層蓋好之前，我們都得先花自己口袋裡的錢。政府只有在那之後才會接手出錢……」

古斯塔夫．艾菲爾的臉色蒼白。這幾個星期以來，每當他想到這件事就會心生退縮。他一向厭惡乞討，也知道一場簡單的會面將產生什麼樣的後果，可是他能選擇嗎？

「你說的沒錯。我去和德黑斯塔談一談。」

28

一八八七年，巴黎

這些機器會有未來嗎？打從這幾年開始，越來越多的機器出現在巴黎的街頭上，讓愛看熱鬧的路人覺得有趣，也時常讓馬匹受到驚嚇。有多少次受驚的馬匹突然往後踢腿而造成意外發生呢？

時常有人這麼對他說：「艾菲爾先生，這是進步啊！」古斯塔夫．艾菲爾很想要這麼想，但要是這些被稱為「汽車」的東西能夠速度更快一點、聲音更安靜一點、不要那麼捉摸不定就好了。在這年代，汽車都是有錢人的新奇科技珍寶。

從事記者行業的薪水應該買不起這樣的玩意兒。艾菲爾記得德黑斯塔位於蒙梭公園附近的住處——從那房子看得出來，他們的生活不算富裕，只能說過得挺舒適的。可是德黑斯塔帶他逛文森公園所開的那輛汽車，居然只是他眾多奢侈品裡的其中一樣。

德黑斯塔手緊抓著方向盤，身子隨著汽車顛簸跳動：「你老實說，很舒服吧？」

可是在那個七月的早晨，艾菲爾卻寧願欣賞樹林裡的美麗小徑。那一天，儘管陽光燦爛，林子裡的人並不多。他看到這裡、那裡有幾個人在散步，有情侶在擁吻，有幾個家庭在草地上野餐。這座位於巴黎城門區域的樹林，稱得上是一座貨真價實的森林。艾菲爾心想，應該多來這裡走走。對熟悉布隆涅公園的他來說，那裡人較多，也較常見到汽車，而文森公園這裡，走路的人看見他們時，總會驚慌地奔跑。

「我的天啊！」一個男孩對他的同伴說。

兩個孩子手指著汽車，不知道那究竟是什麼東西。

德黑斯塔得意地漲紅了臉，轉頭對古斯塔夫微笑。而這也是打從他們兩個老朋友重逢以來，德黑斯塔第一個發自內心的微笑。在這之前，德黑斯塔的態度頗為冷淡，而且話題只繞著他的車子打轉。艾菲爾想去他家見面，德黑斯塔卻提議兩人在民族站會合，這讓艾菲爾的心揪了一下。當汽車出現在那座圓形大廣場旁，而他卻沒看見亞提安娜時，又讓他的心再度失落。不過她為何要陪著他來？艾菲爾老早就說好要和德黑斯塔談自己的工作和計畫了……

當德黑斯塔要他上車時，態度極為冰冷，甚至相當不友善。不過艾菲爾的自尊心也強，所以也不問他理由。是不是亞提安娜說了什麼？艾菲爾相信她沒說什麼。她要說什麼呢？一段三十年前、不成熟的愛情？沒事為什麼要翻出不好的回憶呢？艾菲爾再次心想，或許德黑斯塔的興趣變了，所以他和他的塔對這個老朋友來說已經沒什麼好玩的了。可是艾菲爾需要德黑斯塔這位記者，而且比起以往還更加需要。

當艾菲爾向他坦承自己的困難時，德黑斯塔立刻教訓起他：「沒有人會花一毛錢在你的鐵塔上。你得用你自己的錢來補！」

「你真的這麼想嗎？」

「大家都怕醜聞……」

「醜聞」這兩個字讓他覺得好荒謬。

「什麼醜聞？沒有什麼醜聞。」

德黑斯塔轉頭看著艾菲爾，以一種近乎幸災樂禍的語氣說：

「你好像正在與所有人為敵。」

艾菲爾坦白說道：「銀行根本不理我。」

「你從一開始就知道公司會有風險——」

他為什麼這麼冷漠？為什麼擺明就是不想出手幫忙？其實他只要寫幾篇文章操作輿論，就能得到眾人的笑容啊。誰叫人們都是盲從的呢……

「安東，我現在就像是走在鋼絲上了，要是工地出了任何一點問題，公司就準備倒閉了……」

安東．德黑斯塔撇著嘴，一副準備聽天由命似的，雙手不停摩擦方向盤，像是在進行打亮，並且對散發出的光澤很是滿意。

「我承認那真的會讓人很傷心……」

德黑斯塔顯然存心裝傻。不過艾菲爾不想承認自己失敗了。他依然故作輕鬆，凝視著那一片樹林。他甚至看見了一對緊緊相擁的戀人從灌木叢中竄出又鑽入。隨後，他說：

「你可以做點什麼事嗎？」

德黑斯塔依然直盯著前方的道路，眼睛眨也不眨地，像是看見了幽靈現身。

「我可以做的事情很多。」他的語氣平淡，就像醫生宣布壞消息的口吻。

古斯塔夫不禁打起了寒顫。

當他準備要向德黑斯塔把事情說個清楚時，車子忽然不動了。

「該死！」德黑斯塔跳下車，仔細檢查突然故障的車子：「這些東西真的有夠爛！」

艾菲爾也下車想幫忙，只是他不懂這些機械。

與此同時，一朵浮雲遮住了陽光，四周環境的氣氛也為之一變：樹木不再那麼親切，而空氣中多了肅殺之感，尤其是周遭不見任何生物。

安東．德黑斯塔幽幽地說：「別擔心，要是我們遇到了壞蛋，我有可以對付的東西……」

說著，他便掀起了外套下襬的一角。古斯塔夫看見了手槍的槍托……

「你隨身帶著槍？」

德黑斯塔沒回答，只是惡狠狠地盯著他，而後才又再次彎腰察看車子的內部組裝機械。

「啊……我應該知道問題在哪兒了……」

「車子還能開嗎？」艾菲爾擔心地問。

德黑斯塔聳了聳肩，接著遞給他一把曲柄。

「希望囉。試試看吧……你幫忙轉，我來重新發動看看。」

艾菲爾這時才發現要讓汽車運轉有多麼地困難，甚至還得將曲柄插進車頭，再轉動十五次左右，才有辦法讓引擎蓋與葉子板分開。當引擎終於發動之時，艾菲爾氣喘吁吁，整雙手像是快燒了起來。他退後幾步讓車子前進，車子顛顛晃晃地走著。

奇怪的是，德黑斯塔並沒放慢車子速度。

「安東，等等我！」

結果汽車反而加速前進，而且司機連回頭看一眼都沒有。

艾菲爾可以追上去，但是有什麼用呢？

現在一切都清楚了：安東．德黑斯塔已經知道了。

29

一八六〇年，波爾多

布爾日站在門前台階上，就像妖怪守在牠的城堡前。他知道艾菲爾會來，就算毫無欣喜，也得扮演好他的角色。當他一想起前夜與亞提安娜的爭吵時，還是忍不住發抖，然而此刻並不是展現軟弱的時刻，因為已經太遲了。既然意外已經發生，就沒有後退的餘地了。

於是，他與鮑威爾的協議所牽涉到的金錢層面，突然也就不算什麼。就發生的那些事情來說，幾乎可以稱得上是下流了。要是布爾日早已下定決心，也是那些事件逼得他不得不做出痛苦的決定，而那個痛苦的決定，其實也是理性的決定，更不用說亞提安娜值得更好的對象。她是他的獨生女，而布爾日家的莊園、房產、以及在波爾多的社會地位，都不是這個叫艾菲爾的傢伙可以拿的。艾菲爾雖然迷人——現在路易．布爾日已經後悔將他當兒子對待——但是工程師都是游牧民族，沒辦法定下來。亞提安娜值得過一個比堅貞守節更好的生活。布爾日很激動、很緊張，因為前一天的情景浮現在他腦海裡。亞提安娜的痛苦……任何男人都不該讓他女兒受那種苦！為此，他必須堅定，甚至得表現出最不友善的態度……

終於，古斯塔夫．艾菲爾的身影出現在柵欄前。他打開了柵欄，快步地走上主要通道。

他拚命地跑，跑得都叫不出聲來了。他的腦中各種思緒洶湧翻騰，也顧不得理性了。他唯一只在意一件事情：

「亞……提安娜……」

艾菲爾氣若游絲地說出這個名字。他不得不半路停下，在走道中央彎下腰喘口氣。

布爾日就如同一座指揮官雕像，文風不動。

艾菲爾直起身子，拍去穿越原野時一路沾在衣服上的草梗，接著努力地往前走到了台階下。

這個場面很可悲地具有象徵性。站在台階最頂端的布爾日，就像個瞭望水手，而艾菲爾得抬頭仰望他。

「亞提安娜在哪？」

那個胖胖的男人眼睛依然望著遠方，彷彿守候著某個會在大花園旁出現的東西。為了不正眼看艾菲爾一眼，他竟然用這麼可憐的方法。

艾菲爾走上了第一層台階，說：「老天啊，亞提安娜到底在哪裡？」

「她不在。她已經走了……」

艾菲爾一個箭步到了他的面前，臉色蒼白。布爾日不由得向後退了一步。

「走了？這到底是……她走到哪去？」

這樣的場面，布爾日雖然在腦中已經演練過無數次，但他還是從昨天就開始擔憂。他原先還期望鮑威爾能夠處理這件事，省了他的痛苦。結果管家喬治還在此時從屋前走過。

他滿懷喜悅地說：「艾菲爾先生您好。那座高架橋真的很了不起！」

只是布爾日朝他打了個手勢，示意他快走。喬治於是繼續他的腳步。

艾菲爾不死心地追問：「她去哪裡？」同時朝著布爾日的面前進逼。

「去旅行了。今天早上，和朋友一起去。」

艾菲爾無法相信。他們前天才在這裡一起吃飯，共同討論婚事。

「我……我不懂……」他擠出這幾個字來，內心的憤怒被深切的悲傷所取代。

「您從第一天開始就什麼也不懂。」

布爾日的語調完全不帶任何感情，就像個法院書記官一樣。要是他不用這種語調說話，崩潰的人有可能是他。

艾菲爾覺得自己又看見了開工初始，他所遇見的那個冷漠生意人。

布爾日勉強安慰他：「您只不過跟其他男人一樣被耍了。她玩膩了，就這樣……」

「只是一場遊戲？」

布爾日裝出遺憾與同情的模樣，還將一隻手搭在艾菲爾的肩頭上。

「她不想要和你結婚了，卻又沒有勇氣親口告訴你。」

艾菲爾猛力掙脫他的手。亞提安娜不會這麼做的！她絕不可能會違背她的誓言，不然她也會親口向艾菲爾說出實情，因為她這個人太重榮譽、自尊心也太強了。

艾菲爾吶喊：「不，這不是真的！」

他的喊聲引出了好幾個僕人。布爾日看見一個個人影從屋子的角落或是樓上窗台探出頭來。

「亞提安娜！」古斯塔夫．艾菲爾雙手攏在嘴邊大喊：「亞——提——安——娜！」

布爾日再次打手勢要僕人們離開別看。他們雖然照做，但眼神裡滿是擔心。面對古斯塔夫的絕望，他們做不到無動於衷。

「就跟您說了，她不在……還是您想要去屋子裡搜搜？」

古斯塔夫這下明白什麼都沒有用了，可是他仍然不願意相信。亞提安娜不可能就這樣像個鬼魂似的，一聲不響地消失不見。

布爾日也累了。他希望這一切能夠就此結束。

「好了，快滾！我已經說過了，遊戲結束了！」

這句話不該說的。艾菲爾突然發起狂來，笨拙地撲到布爾日身上。布爾日沒料到這個年輕人會有這個反應。他雖然年紀大，但是高出艾菲爾兩顆頭；他的手簡單一個動作，就將艾菲爾推開，以致於他整個人腳步踉蹌地往後退，接著摔落台階底下。他的頭硬生生地撞到某個台階的突起部分，臉朝下地摔在礫石上。當他氣喘吁吁地站起身時，頭上的血汩汩地流向眼睛。布爾日沒有什麼反應，他只是在階梯上輕蔑地看著艾菲爾，接著轉身進了屋子。

「艾菲爾先生，您得離開了。」是老喬治在說話。他扶艾菲爾站起來。

「亞提安娜……」艾菲爾努力地站直，可嘴裡依然喃喃地唸著她的名字。

喬治說：「小姐不在。」語氣滿是歉意。

老管家憐憫地看著艾菲爾。艾菲爾朝著他咧嘴一笑。

「沒關係，我等她……」

30

一八八七年，巴黎

「要喝茶嗎？」

「謝了，我已經有了。」

這句話，他問了多少次？這個答案，她回了多少次？但是，這不就是夫妻相處的本質嗎？一種自從人類學會直立以來，透過社會性模仿而創造出的制度。儘管有戰爭、傳染病或科學的發展，夫妻永遠就只是夫妻。有了孩子之後，局面確實會改變。孩子就屬於會讓一個家庭上天堂或下地獄的那種不確定性、那種意外。不過亞提安娜也有意外，而安東．德黑斯塔也能夠適應。

「親愛的，我們不可能什麼都有……」有時候，當她從窗戶看見帶著一群小蘿蔔頭的媽媽，在蒙梭公園的小路上散步時，安東就會這麼安慰她。

「是這樣沒錯……」

「我們住在一個很棒的地方；我們衣食無缺；我們認識很有趣的人。我們倆也相愛超過二十年了……」

面對這一連串的事實，亞提安娜也只能表示同意，因為她的丈夫說的並沒有錯。可是她時而會感受到一股奇異的空虛自心底升起，掐住她的脖子，讓她窒息。她將此歸因於她內心的傷痕。那道儘管時日久遠，依然在這裡、那裡作痛的傷痕。

然後，古斯塔夫・艾菲爾又出現了……

她知道自己的丈夫和他是學生時代就認識的朋友，但是她很快就選擇忽視這個細節。她得忘了他，忘了這段以前的人生。當她建立了家庭，就是一個完全以家為重的人；一個身心無瑕，毫無任何傷口的人。隨著時間過去，再加上安東也從來不提，她也就忘了他。

然而，那座鐵塔讓一切都變了：她與他重逢，自第一個眼神交會就發現那個曾經屬於兩人的煩惱；知道他喪妻、是自由之身，而且還比以往更耀眼；尤其是明白他是一道出口，一個可能的他方，一個有別於凌遲她、壓抑她二十五年的舒適生活的人生。

可是亞提安娜也知道那都只是美好的幻想罷了。畢竟還得考量其他人、生活，以及在時間的磨損中逐漸鞏固的名聲。

還有她的丈夫——她真心喜愛的男人。她把他的愛當成不讓自己沉入河底的救生圈。

只是，安東還愛她嗎？

他就坐在她對面，埋首於報紙之中……

愛情真是一門模糊難解的科學。只要一披上例行公事的外衣，就會失去滋味。可這難道不是所有持久婚姻的特性？畢竟一個人的心不可能永遠悸動，感官不可能永遠醒覺，慾望不可能永遠炙熱。她的俊俏未婚夫已經變成了一個老丈夫。四分之一個世紀以來，每天早上，她都在這個老丈夫的身旁醒來；每天早上，這個老丈夫會在她已經給自己泡了茶之後，問她要不要喝茶。

亞提安娜端詳著她的丈夫，彷彿他身上少了什麼。儘管他只是低頭看著《費加洛報》，卻像有什麼東西已經不一樣了。

她當下就發現猜疑的存在。從去年洛克伊所舉辦的第一場晚宴起，安東就有了出奇不意的反應：

「你有看到他看你的眼神嗎？」

「男人還對我有興趣，你應該要覺得光榮。」

「不是這樣的。那就好像他其實認識你……」

「安東，我不認識這個男人。」

「我知道，但是說不定他認識你……」

奇怪的想法，亞提安娜也並不反駁。反正最重要的是，不要讓人看出任何端倪或是洩露出任何蛛絲馬跡來。安東對於這段年輕時的愛情與後續所造成的悲劇並不知情。當他認識亞提安娜的時候，亞提安娜正處於與父母斷了聯繫，並且獨自療傷的階段。她悉心保護這段回憶二十五年了，但是，萬一古斯塔夫・艾菲爾又回到她的面前，並且還以朋友的身分到她家作客，她能否假裝冷漠呢？

其實他們倆除了競圖那一天、和部長所舉辦的黃金派對之外，並沒有見過面。而那一天，在她與古斯塔夫跳華爾滋時，她清楚看見了安東的眼神：他顯然注意到了一些事情——起碼她的直覺如此，畢竟夫妻兩人隨著歲月彼此瞭解、彼此知道對方內心的想法。只是他什麼也沒說，因為他在艾菲爾身邊的「任務」已經結束。時間雖然已經過了一年，亞提安娜仍然在夜裡想著艾菲爾。

安東從報紙中抬起頭來，說：「你有看到嗎？鐵塔工地那裡鬧得可厲害了！」

安東・德黑斯塔存心向妻子挑釁嗎？

她心不在焉地回了一聲：「啊，是嗎？」不過他還是繼續看著她，觀察她的反應。

他將報紙轉向她。亞提安娜看見了一張工人坐在未完成的塔柱前吃三明治的照片。她看起來無動於衷，可是心跳開始加速，比起她從報紙上所讀到、看到的，安東反常地堅持要她有所反應這件事，更令她心情紊亂。

他語調滑稽地說：「可憐的古斯塔夫，他真的陷入麻煩了……這件事有可能會毀了他的鐵塔。」

「為什麼？」

亞提安娜問得快速，這令德黑斯塔好奇地瞇起眼睛。

「要是工程中斷超過一定的時間，那麼與巴黎市和國家所簽的協議便中止。他也就得打包回家。這位鋼鐵詩人就……破產了！」

「你很開心是嗎？」

德黑斯塔挖苦的語氣，讓她氣得大叫。

「那你呢，亞提安娜，這個消息好像與你切身相關。我可以知道為什麼嗎？」

做妻子的感覺自己臉色發白。她的丈夫對她說話從來不曾如此直接，她覺得腦中的血液開始撞擊著血管壁。接著，彷彿有人透過她的嘴回話一般，她開始結巴，口齒不清地解釋為什麼她覺得整件事情太不公平；一個那般出色的計畫，一個如此美好的未來。

「更何況，這也多虧有你的幫忙。安東，要是沒有你的支持，他也就不會達成他的目標，結果現在，他的失敗好像成了你的一大樂事，彷彿你已經拋下這個人不管了……」

他語氣冰冷地回答：「我沒有支持誰，也沒有拋下誰不管。每個人都得為自己的失敗負責，就如同得為自己的行為負責。」

話說完，他再次定睛看著妻子，注意她的任何反應，但是她只是又給自己倒了一杯茶，再問她的丈夫要不要再來一杯。

「謝了，我不喝了。」

他彷彿決定要折磨她到底，便又重新讀起報紙，並且指著最後一欄底下的一行字。

「我相信他的落敗已經開始了。」

亞提安娜喝著茶，沒有回話。

「你知道他整個人消失了嗎？」

「消失？」

「沒有人知道他去了哪裡。三天前，他和罷工工人起了一場激烈的爭執之後，就沒到工地去了。就連他的女兒也不知道他人在哪裡……」

這下亞提安娜再也忍不住了。古斯塔夫正孤孤單單、走投無路又瀕臨破產，她的丈夫卻把這樣的慘況拿來當作取笑的話題。她站起身，一把將餐巾丟到桌上。

「安東，你為什麼這麼殘酷？」

德黑斯塔看著她，內心有一股苦澀的輕鬆。

「我並不殘酷。我只是觀察。但是你呢，我感覺你好像很痛苦。我們不用在乎這個小小的鋼筋工程，對吧？」

這句話真的過分了。

亞提安娜看都不看丈夫一眼，快步走向大門，拿起外套。

「亞提安娜，你要去哪？」

「去波爾多！」

當德黑斯塔走到門前時，他的妻子已經甩門走了。他跌坐在一張大扶手椅上，難以置信又傷心不已。

他驚慌地複述她的話：「去波爾多……」

31

一八六〇年，波爾多

亞提安娜開心到差點流下眼淚。她在房間裡跳起舞來。她照著鏡子，大口呼吸著這個夏末的悶熱空氣，向鳥兒、大樹與雲朵，向似乎為她慶祝的大自然頻送秋波。不需要否認，生命就是如此地美好！她同時也得承認自己的運氣夠好，所以她得依照拉奎特神父的說法——報恩。拉奎特神父經常在彌撒後，上她家和她父母一同吃午餐，然後一個人乾掉一瓶白酒！

「亞提安娜啊，神很疼愛您；別忘了要報恩……」

這個年輕女孩以自己的方式報恩，像是給世界的美好、大自然的魅力、自己存在的喜悅一個微笑。近幾個月以來，一切都是那般的美好。當她愛的那個男人完成第一件作品時，她就決定要嫁給他了。

「亞提安娜，你太誇張了……」

「不會啊。那座高架橋是一項傑作！而且每個人都是這麼說的，我爸爸還是頭一個呢。」

「可是我希望能夠做得更好。」

「你會做得更好，永遠都會更好的。因為，我就像個靈感女神一樣的在你身邊。」

亞提安娜的自吹自擂，讓古斯塔夫．艾菲爾由衷地笑了，不過他知道亞提安娜是真心的。她對於自己的未婚夫有無止境的崇拜，而且也感覺到他即將開創一個輝煌的事業。

明天此時，當波爾多市長剪綵時，她會在他身旁陪著他。城裡的人都會參加這場落成典禮，媒體與重要人士當然也會出席。所有人都會看著他們手牽手站在一起，就像是參加他們第一個孩子的洗禮。雖然那只是一座金屬高架橋，但是古斯塔夫為了這座橋奉獻了他的生命、精力與所有的氣力。可要是沒有這座橋，沒有這個美妙的構造的話，他們也就不會相遇。所以這座橋是他們的幸運物。

亞提安娜對著衣櫥鏡子穿上了一件洋裝，而後猶豫了。選這件好嗎？該換顏色深一點的，還是鮮豔一點的？其實她也不知道該穿什麼樣的衣服出席落成典禮。

她蹦蹦跳跳地到了走廊，下了樓梯，同時大喊著：

「爸爸——媽媽——」

布爾日夫婦在飯廳裡用完了早餐。

「你們怎麼還坐在餐桌前呢？我完全坐不住了，感覺就好像明天落成的是『我的』高架橋。」

布爾日夫妻竊竊私語，接著便沉默了，表情罕見地凝重。

而亞提安娜卻像個陀螺似的轉著圈圈，說：「媽媽，我需要挑選洋裝的建議。想問你。」

她媽媽勉強微笑，要她女兒先坐下，因為亞提安娜轉得她頭都暈了。

路易·布爾日也努力擠出溫和的表情，只是看起來相當不自然。

亞提安娜不以為意。她父母經常心情不好，可是今天，他們絕對不能使她的喜悅蒙上一層陰影。

她的眼睛望向那幾扇敞開的窗，從窗戶看出去是那座大花園。「我有個想法。我希望在佛羅倫斯結婚。聽說那裡很美、很浪漫。你們不是也去過了嗎？」

布爾日將一份報紙攤在桌上，假裝什麼都沒聽見。他的妻子則是起身關窗，同時用一種極為虛假的語氣說：

「今天早上好像比較涼啊？感覺秋天就快到了。」

亞提安娜被他們的反應弄得一頭霧水：外頭不但悶熱得要命，她的父母似乎也有意忽視她的問題不答。

她拿了一根銀湯匙鏘鏘地敲，裝滿葡萄汁的水壺，說：「媽，你覺得在佛羅倫斯結婚怎麼樣？」

她的父母知道那一刻終於到來了。他們對此雖早有準備，卻也一直抗拒可能的結果發生，所以不太願意去多想——可是，他們總該要有事先的演練、面對這項工作的嚴重性，才不會如此無助與遲鈍。畢竟沒有人能夠忍心讓自己的孩子痛苦。

最後，做母親的先開口：「亞提安娜，我親愛的……」話還沒說完就滿臉淚水。

如此突如其來的絕望，令亞提安娜錯愕。她的媽媽向來是個冷漠的人，雙親中比較溫柔、善感的那一個，反而是她爸爸布爾日。布爾日夫人性格謹慎節制，有時會因為女兒是自己丈夫心中的太陽而有些微妒意。還有許多亞提安娜不一定注意到的小細節，但就是這些細節鞏固了他們一家三口的關係。

「媽，發生什麼事了啊？」

亞提安娜心裡害怕了起來，她為母親感到害怕，害怕母親發生了不幸的事情卻隱瞞她。於是她起身抱住母親，輕撫著她的頭髮，就像在安慰孩子似的。可這個動作，卻讓她父母更加心痛。布爾日夫人在淚水中，將這個任務交給了她的丈夫。布爾日先是清清喉嚨，接著將椅子往後挪。他雙手交叉，放在圓滾滾的肚子上。

「亞提安娜。沒有婚禮了。無論是佛羅倫斯或是其他地方都一樣。」

亞提安娜什麼都聽不見。布爾日說的每一個字都傳進了她的耳裡，可是她心裡卻使勁地將那些字往外推。這樣的句子實在太荒謬了，更糟的是，還違反了自然。

布爾日努力做出兇惡的表情，讓自己看起來變得更討人厭，因為他看見他女兒崩潰了。

「可是爸爸……明天就是高架橋的落成典禮了……我們都會到場為古斯塔夫慶祝……因為現在都是一家人了……都是『我的』家人……」

布爾日輕輕搖頭，雙眼只是看著一塊烤麵包。麵包上的奶油融成了一灘詭異的形狀。

「我和你媽媽很認真地思考過了……你不能嫁給那個男人……」

亞提安娜完全不能相信。她不是在作夢，她的父母也不是在演戲。他們知道自己在說什麼，甚至絕對早就思考過了。說不定從一開始就是……

「那個男人？」亞提安娜重複了這四個字，接著，她將一把椅子甩出去。椅子上的油漆因為這一撞，剝落成白色的細屑。

她母親吞了一口口水，說：「親愛的，老實說，你配得上比他更好的男人。你自己心裡也很清楚，他並不是……我們不是……總之，你知道我要說什麼。」

啊，她確實知道！而且還知道得一清二楚。可是這些，都是她父母自己看到、瞭解到的。

她如同雕像般直挺挺地面對著餐桌坐著，彷彿即將進行一場生死決鬥。她用眼神挑戰他們、刺激他們，而這讓布爾日夫妻更加不知所措。這一天簡直就像是一場惡夢。

「我懷了『這個男人』的小孩了……」

布爾日太太用手摀著嘴驚恐地尖叫。她的丈夫閉起眼睛，久久未能張開，就像完全不想與這件事有任何關係。

最終還是換到他站起來說話：「這不是真的。亞提安娜，你說謊……」

亞提安娜態度冷靜。她甚至訝異自己在這場痛苦的對話當中，竟然還能如此鎮定。她的父母也根本沒料到會聽見這個消息。

「對，我懷孕了。古斯塔夫也還不知道，不過明天落成典禮過後，我會親口告訴他。這是我準備給他的小驚喜，也是準備給他的……結婚禮物……」

布爾日勃然大怒：

「回你房間去！現在就去！」

此時，他看見女兒眼中突然閃過一絲可怕的光芒。那是妥協？是瘋狂？是莽撞的光芒？抑或只是堅強的意志？

她從椅子上一躍而起，衝向了落地門，接著用力地將門拉開往外跑。

她母親大喊：「亞提安娜，你要去哪？」

他父親則坐在椅子上無法動彈，似乎對此束手無策。

「路易！求求你快去找她！你知道這個孩子什麼事都做得出來！」

是的，他知道。他甚至開始害怕往後可能發生的事情。他抖了抖肥大的身軀，提起力氣，接著也衝向了花園。

32

一八八七年，巴黎

亞提安娜喜歡一個人在巴黎漫步。任由她的腳步出發進行冒險，帶領她到未知的地點，而且不需要向誰解釋什麼。在她那有規律、有詳細規劃的生活之中，這是她能夠保有的自由領域，就算那是她的丈夫所不樂見之事——但並不是因為他害怕她去見別的男人，而是比起蒙梭區域周邊，她更喜歡探索其他治安較差的地區。她經常走到城牆邊，或是爬上貝爾維耶高地，或是進入巴黎大堂的小街巷，但是她從來沒有在那些地方遇到壞人，彷彿有什麼在保護著她。那裡的人肯定從這位有著一對貓眼的女士臉上看出，她不是屬於這個世界的人；她來自他方，也將回返他方，而且她是另一個人。是哪個人？亞提安娜．德黑斯塔自己也不知道，可是她長久以來就感覺自己過著一個平行的生活；自己不但讓已經規劃好路徑的命運轉向，還抄了捷徑，以致於令自己迷失在內心的矛盾之林。然而今天的她，卻覺得自己好像走上了回頭路。不是因為倒退著走，而是她真心相信自己終於找到通往自己的過去；通往這片她從來就不應該——也從來不想——離開的神奇林中空地的道路。這種奇異的確信，讓她氣色明亮、視野無比廣大地走著。沒有人、沒有任何預兆或指示告訴她，古斯塔夫・艾菲爾就在那兒。一年多前，在貿易部跳那首華爾滋時，他把這地點像祕密一樣悄悄地告訴她——巴蒂諾爾的刺槐旅店。這個她從來沒有忘記，尤其是與她家的距離並不遠。只要沿著林蔭大道走，穿越鐵路，再往左邊走，看到一個與她住的街區有天壤之別的小街區就是了。在那裡，不見漂亮洋房、氣派大廈與各式攤商，活脫脫就是左拉在書中描寫的那個庶民巴黎（說到左拉，她丈夫安東非常討厭他的作品，但左拉的每一本新書，亞提安娜總會讀得津津有味）。一個匯集了手工業者、商販、弱不禁風的破房子、濕透的鞋子、戴鴨舌帽的男孩、色瞇瞇盯著你看的小流氓、陰暗的後院、沒有玻璃窗戶的街區。但是整體散發出一種精力、一種純樸、一種生命的喜悅，都是她在蒙梭那如此拘謹、如此筆直、完美的街道中所找不著的。

「太太，不好意思，請問刺槐旅店在哪裡？」

老婦人打量著眼前這名高大的中產階級女士，接著淘氣地瞇起眼。

「像您這麼美麗的女人，要去庫拉夫人那裡？真的嗎？」

「您知道那裡？」

那個矮小的老婦人聳了聳肩，提起了一籃滿滿的蔬菜。

「我想應該是右邊那條路後面的小房子。您有沒有看到那道柵欄和那些樹枝？就在那兒。」

「謝謝您。」

「別謝我謝得太早。」

這老婦人可真奇怪。不過亞提安娜經常獨自溜達，所以已經習慣遇見奇怪的人了。

刺槐旅店是一間看似直接從鄉間搬過來的可愛小房子。它的建造時間，肯定是早期當這區仍是塞納河谷上、遠離巴黎的村莊時期。生鏽的柵欄，未加整理的小花園，大片生長的花朵，還有一株玫瑰沿著房屋正面攀爬，框住了大門，上面掛著招牌，寫著：刺槐，家庭旅店。

沒有什麼好令人不安的！那個老婦人想要嚇她，但是並沒有得逞。

亞提安娜按響了門鈴，等了好久之後，才聽見一個拉長的聲音說：「來啦，來啦！」接著，門開了。

庫拉夫人到底幾歲呢？亞提安娜也說不出來。她看起來就像是化好妝準備參加舞會的巫婆。她退後一步，讓亞提安娜進門。幽暗的門廊牆上，掛滿了猥褻的圖畫。

老闆娘語帶抱歉地說：「我的丈夫是個藝術家。他的那些畫都不值錢，所以我自己收著。他在巴黎公社時期過世了……」

亞提安娜硬擠出笑容，並且觀察門廊通往的那個小客廳。小客廳裡頭有十幾個人，各個年紀的男女都有。他們有的玩牌，有的安靜看書。

「要是您想要一間房間的話，我們這裡已經客滿了……」

「放心，我沒有要房間。」

「我也不需要別人叫我放心。」

這位女士真不大討人喜歡啊。

「我是來找艾菲爾先生的。」

「什麼先生？」老闆娘歪著頭問，就像是一隻已經聽不見的老狗。

「艾菲爾……」

「啊，他不在這裡。」

「那這裡有沒有一位……波尼豪森先生呢？」

老婦人的臉突然一亮，原本的敵意也不見了。

「您要找的是古斯塔夫先生嗎？」

亞提安娜激動了起來。
「他在這裡嗎？」
「在啊，在啊！他是我們這裡的常客之一。他通常會來住一晚，而且都會是一個人來。他會一直待在窗戶旁想事情，看起來就好像在等人一樣。」
亞提安娜微微顫抖。
「不過他已經住在這裡三天了，這也是他第一次在這裡待這麼久。而且他一直沒踏出過他的房間，還要我把餐點端到他的門前，可是他幾乎一口未動。希望他可不要生病才好啊。」
庫拉夫人繃直身體，擔心自己說得太多。
「您至少是一位清白體面的女士吧？我這裡可是正派經營，您知道吧？」
「放心，」亞提安娜隨口說：「我是他妹妹。」
老闆娘紅著臉說：「喔，那好，難怪你們看起來就像一家人。」
接著，她指著入口另一側的小樓梯：
「您可以上去了。他就住三樓右手邊的十六號房。」
「謝謝您。」

亞提安娜站在門口許久。她遲疑了。她該選擇這條路嗎？這是她等了二十五年所等待的時刻嗎？還是另一個妄想？又或者是命運對她開的另一個玩笑？可是亞提安娜．布爾日這個人不喜歡打退堂鼓。她甚至上前一步，打開門直接走進去……

一股味道撲面而來。那是菸草、酒精混合成的嗆辣氣味，與男性的濃重體味。房間光線很暗——窗簾拉上，燈也關了——她讓眼睛適應之後才看得見。她看見了香菸的火光，就像一隻黃昏時的螢火蟲。接著是他的身影。他坐在一把大扶手椅上，身旁的地板上擺滿了空酒瓶。

眼前的這一幕，有某些東西令她受到了驚嚇。她似乎有點後悔來到了這裡，或許她應該把這一切當作一個遺憾、一種思念、一個讓她能走到現在的珍貴記憶之盒來保存比較好。只是太遲了。她的行為已經過了頭。雖然房內光線昏暗，她還是看出了他的眼神。眼前的艾菲爾，是另一個艾菲爾——一個脆弱、激動、邋遢的艾菲爾。

她聲音顫抖，低低地說：「古斯塔夫……」

他悲傷地輕輕笑了。

「你終於來了。很好……」

他試著站起來，可是卻沒有力氣。她看見他的身體費勁地想掙脫椅子，卻又跌坐進去，就像是被監禁了一樣，無法逃開。

他劃了一支火柴，讓他的菸重新有了生命。在火柴燃燒之時，亞提安娜看見了他憔悴的臉，也看見了他眼中的溫柔。她從他的眼神中讀出了對於她來到此處的欣喜，也讀出了對於兩人久別的悲傷。

「你看，我還記得你說的地點。」她特意用輕快的語氣說著，然後跪在他面前。

「這花了我一年的時間……」

古斯塔夫沉下臉，接著左右搖晃著頭。

「不對，亞提安娜，你二十五年前就該來了。」

亞提安娜想要回答，可是淚水阻止她開口。

33

一八六〇年，波爾多

不要想。不要思考。自然呼吸。跑，但是不要跑得跌跌撞撞的。尤其是：逃離。逃離這些人；逃離這個階級；逃離這種傲慢自大與愚蠢。什麼？她配得上更好的人？配得上什麼樣更好的人？一個跟她父親一樣陶醉在威望裡的肥胖中產階級嗎？還是像她母親一樣，隨著時間流逝，在中產階級生活中的無聊與熱鬧裡，逐漸失去了光彩？在規矩、原則、名人餐宴、酒會、市政府的喝采、一個與加龍河底一樣吵雜的外省生活之中窒息……絕對不要！但是，若想要逃離這一切，就得跑。朝著花園的那道柵欄跑。那是她通往自由的最後一道障礙。

「亞提安娜！」她父親跑得滿臉通紅，遠遠地落在她的身後。

她忍住回頭的慾望，尤其不想緩下自己的腳步。必須繼續保持距離，免得被追上！肥胖的路易．布爾日又費力跑了五公尺之後，氣喘吁吁，不得不停下來，在草地上喘氣。

在亞提安娜的頭殼底下，衝撞奔騰的血液令她的腦子灼熱得發疼。汗水流滿了她的臉。更不用說這幾天那股於體內蔓生的噁心感。可是，那就是她的太陽，是她明天——也或者是今晚——要給古斯塔夫．艾菲爾的美好驚喜。

既然她已經決定私奔，就沒有什麼可以將他們倆分開了。她要躲到他家去，或是他在工地那裡的小屋，那裡有著他們倆最美好的回憶。她的父母也不能說什麼，因為她已經不是個孩子了，古斯塔夫也會知道怎麼違抗他們的意願。古斯塔夫，是她的男人、她的最愛，也是她的英雄。

當她終於來到了柵欄前，眼前的景象讓她突然全身無力。

「怎麼是關著的……」她喘著氣，用力搖晃以一條粗鍊子鎖起的大門。

喬治每天早上都會打開大門，為何今天沒有？是什麼樣的不幸巧合，讓他偏偏今天早上沒有走到大花園的入口？

她低聲說：「算了。」於是開始爬越柵欄。

「亞提安娜！別做傻事啊！」她聽見布爾日的吼叫聲，以及逐漸加快的腳步，與她的距離越來越近了。

現在柵欄她已經爬一半了，再爬一下就到柵欄最高點。只是身手也得靈巧了，因為柵欄頂端就與刀劍一般銳利，有時甚至上頭還有身體被戳穿的鴿子，嚇壞了她母親。

亞提安娜一想到這裡，不禁打起了冷顫，但她還是做了最後一次努力，終於爬上了柵欄頂端。

「我的天啊！亞提安娜你下來！太危險了！」

此時，她的父親也到了柵欄底下。精疲力盡的他，幾乎喘不過氣來。他張著嘴巴，渾身是汗，整張臉滿是恐懼。

在上頭的亞提安娜，見到她親愛的父親看起來是那麼地虛弱，反而緊張地笑了出來，與此同時差點失去了平衡，但是她應該得要當心才對，因為她的腳踩在兩根鐵條之間，只要一個不留神，身體就會當場遭到刺穿。

她父親苦苦哀求：「親愛的亞提安娜，下來吧……」

他的女兒直直地看著他，並不說話，只是以一種惡意滿滿的歡喜模樣向他挑釁。布爾日真可以說是自作自受。

他假惺惺地對她說：「我們倆等彼此冷靜、頭腦清醒之後，再好好地談談吧。我和你媽或許太急著做決定了。我相信，我們一定可以找到對彼此都好的辦法……」

「對彼此都好的辦法？你是說，你們準備好要和我一起商量了嗎？」

她父親不敢再回答，尤其是他那憤怒至極的女兒正在柵欄頂端上危險地搖晃身體。

「爸，我不是你的客戶。我知道你什麼都收買得了，除了我。」

她再指指自己的肚子，說：

「也不能收買他。」

布爾日此時已經方寸大亂。這一幕似乎靜止了，而他也詞窮了。絕望之下，他竟開始攀爬欄杆。

眼前的景象實在太滑稽，惹得亞提安娜再次大笑，因為這個胖男人找不到任何支點，於是身體貼著欄杆直直地滑了下來，臉直接撞上門鎖。

她笑得更大聲了，這把路易．布魯日給氣得滿臉通紅。

「亞提安娜，夠了！」

接著，他戲劇性地一躍而起，抓住了女兒的腳——相當過火的動作。

但一切發生得太快了。

只聽見亞提安娜驚叫了一聲，身體前後晃動不已，接著便直接往下墜落，整個過程就如同鳥兒在飛行時遭到射擊那樣。

「亞提安娜！」布爾日大喊。身上沾了亞提安娜濺起的鮮血。

34

一八八七年，巴黎

「這場意外為我們的孩子，以及我原本會有的孩子敲響了喪鐘……」

古斯塔夫．艾菲爾崩潰了。他從來沒想過竟然會有這種事情發生。沒有人告訴他。所有的事情都被壓下來了……

當亞提安娜說完整件事之後，他伸出手指撫摸亞提安娜讓他看的傷疤。那是一條粉紅色、幾乎像是藝術作品的詭異小山溝，從肚臍延伸至腹股溝，將腹部一分為二。此時外頭天色已黑，她一直回溯自己的記憶，努力地說了好久好久，就是希望古斯塔夫能夠知道得一清二楚，無一遺漏，因為，她說的是他們倆的故事。窗外傳來了馬車的聲音與馬匹的嘶鳴。

「我本來很有可能沒命，」她繼續說：「是波爾多的醫師創造了奇蹟……」

古斯塔夫跪在亞提安娜面前，伸出一隻手指撫摸著她的雙頰、額頭、嘴唇、脖子，說：「奇蹟就是我們兩個人終於能夠一起在這裡……」

他開始哽咽，但是彷彿強忍住眼淚似的，困難地說出心裡話：

「我沒辦法和任何人說起你的事情，也不知道你人在哪裡。我感覺自己被背叛、被拋棄……」

換亞提安娜伸出手，輕撫著古斯塔夫的臉：

「可是，我一直都在……我會讀所有關於你的一切，像是文章、書籍、訪問……幾乎每週都找得到與你有關的東西。你不知道我當時有多麼地驕傲……現在也是……」

亞提安娜已經不知道該說什麼了，也沒有力氣了。她從來沒有回想過那最後一幕，也同樣沒和任何人提過。就連她丈夫安東也不知道——他們倆在那場悲劇發生之後相遇。當時的她還在療傷，而安東只知道她因為一場愚蠢的意外失去了生育能力，要是他娶她的話，就得放棄擁有子女的希望……

可是話說回來，亞提安娜會想要生下別人的孩子嗎？隨著二十五年的時間過去，這個問題也沒有了意義。她的初戀就在這裡，就在她的面前：雙頰瘦削，鬍鬚花白，黑眼圈與皺紋圍繞著雙眼，可是他還保留著他們初次見面便令她深受吸引的那股火焰，那股精力。

古斯塔夫站起來，亞提安娜順從地讓他牽住手。兩人緩緩地走向床。應該要這樣嗎？不應該把某些回憶留在記憶盒裡嗎？不會太遲了嗎？兩人不會已經太老、被歲月過度磨耗了嗎？

可是身體的記憶還是戰勝了所有的疑慮。當他溫柔地一件件解下她的衣服時，她想起來了。或者應該說，過去與現在交融而化為一種跨越時間界線的停滯狀態。那個將她抱進懷裡、放在床上，並且溫柔地親吻她的男人，不再是那個二十六歲的熱情年輕工程師，也不是那個五十多歲的企業名人，而是古斯塔夫。她的古斯塔夫。就如她也只是亞提安娜。現在，她在。他也在。

當她感覺來襲的快感令她寒毛直豎，猶如一道她已經多年未曾感受過的浪潮時，古斯塔夫・艾菲爾在她的耳邊喃喃說著：

「我永遠不會再讓你離開我了。永遠不會。」

35

一八八七年，巴黎

「告訴你們，艾菲爾根本在開我們玩笑！」

宏亮的聲音響徹了整座工地。工人站著紛紛發表意見。布雷尼秀一直都是他們當中最會嚷嚷、最粗暴的，但同時也是一個重榮譽與原則的人。他永遠不會背叛尊重他的人。只是當他覺得被騙的時候，就是另外一回事了。

「我們要求加薪，結果一毛錢也沒拿到，然後看看現在……」

他站在七橫八豎擺在地面的工字梁上，在團隊的起鬨中拿出幾張紙。

這天早上，他碰巧來到了工地，而眼前所見的也證實這六天以來，整個工地因為罷工行動而停擺。此時鐵塔底下，一片混亂。當團隊一宣布停工，而不是選擇解決問題時（雖然與工人的期待相反，但許多人因為還很尊敬他們的老闆艾菲爾，所以願意讓步），古斯塔夫．艾菲爾便消失無蹤！是巧合嗎？是偶然嗎？還是意外？也許他有意逃避責任？沒有人知道。大家只知道工程全都暫停了，而且那位可憐的龔帕農並沒有辦法讓那些工人復工。工人要求工資應該要隨著工程的危險程度而增加。那四根往上攀的柱子，每一天與藍天的距離更近一點。再過幾個星期，這些柱子即將彼此相接成第一層。可是，那是用什麼樣的代價換來的呢？是慘不忍睹的薪水！尤其還有這個：布雷尼秀在艾菲爾的小屋——位於西北方向的那根柱子底下——所找到的文件。這天早上，布雷尼秀為了瞭解他的老闆失蹤的原因，於是決定進小屋翻找一番。結果，光是找到那幾張紙就夠了……它們證實了這場罷工不僅無可避免，而且還是……必須的。

「你們看看艾菲爾建築公司出現什麼樣的狀況吧！被法院催告啊！意思就是，要是二個月之後第一層還沒蓋好的話，大家都得回家吃自己了！」

這番話引發在場工人一片憤怒。他們不解地看著彼此，彷彿每個人都被騙了，彷彿有人對他們撒謊。

「所以是說，那就沒有了鐵塔，沒有了工地，什麼都沒有了！那我們呢？我們要何去何從？要是——」

「他說的沒錯！」

這聲音讓工地瞬間鴉雀無聲。它是那種天生具有威嚴，讓人聽了會自動安靜的聲音。在一片讓人既感到意外又安心的奇異靜默當中，古斯塔夫・艾菲爾穿越了那一小撮人群，走到眾人面前。

那些工人看到他的出現，本應更加憤怒，結果反而被他煥發的面容震懾住了。此時的艾菲爾只有一個詞可以形容，就是：光芒四射。

當他爬上那堆工字梁的最高點，站在布雷尼秀的身旁時，他親切地端詳著這名工人，讓他一時間慌張了起來。雖然艾菲爾還沒開口，但是所有人都感受到那股深厚的親切與安全感。

「是真的。」艾菲爾說話的同時，友善地拍了一下布雷尼秀的肩膀。布雷尼秀面露不悅，他的鋒頭被艾菲爾搶走了。

「布雷尼秀說的確實沒錯。我們遇到大麻煩了……」艾菲爾意識到自己該把在場的聽眾當成準備脫韁逃跑的馬匹管理，因此他必須衡量自己的發言所帶來的影響。

「我們不能調高任何人的薪水——」這句話立刻引起底下一波抗議聲浪。「但那只是暫時的！」吵雜聲再次平息。

工人準備好聽他的談話，可是每張臉的表情都變得陰鬱了。艾菲爾望著萌芽中的塔逐漸伸向巴黎的天空——這天早上，他從刺槐旅店的房間窗口也看著同一片天空。他們倆心情舒暢，一切都是那般美好、那般理所當然。自此之後，一切都有了意義。

艾菲爾將手舉得比自己高，說：「第一層呢，我們沒辦法用兩個月的時間蓋出來……而是十五天！」

所有的工人開始不懷好意地哈哈大笑。他們對於艾菲爾的敬意也在瞬間消散！這個艾菲爾真的在開他們玩笑！

布雷尼秀眼神惡意地嘲笑：「別開玩笑了。你打算怎麼做？」

艾菲爾指著在他左方的柱子，明確地說：

「每根柱子搭一座升降機。升降機就架在未來電梯的軌道上。這樣一來，你們就可以把一大部分的零件輕鬆地搬上去，起碼也不會有危險，而且也會更快。」

在場的工人再次無言以對。沒有人想過這個方法。

「十五天之後，我們就達成目標了……」

隨著那群工人開始摩擦著臉、皺起了眉頭、紛紛轉頭看著柱子，艾菲爾也越來越有了信心。但布雷尼秀可不打算就這麼輕易被哄。

「好啊，那接下來我們該怎麼辦？」

艾菲爾再次搭著他的肩膀。

「我們，就是你和我！因為我們一起參與了這項計畫！問題不會只有今天有，明天、後天，還會有其他問題。今天我沒有錢幫你們加薪，可是明天，我會有！」

又是一陣尷尬的沉默。工人們已經不知道該相信誰了。他們當中，有些人在艾菲爾的底下工作已經超過十年了，他們知道艾菲爾是一個重榮譽的人，從來不會欺騙他人。可是此刻，他們都站在懸崖邊了，已經不是感情用事的時候了。忠誠止於實際需求與危險之前。

這時，一名工人站了出來，上前走到金屬工字梁堆底下，說：「那你有考慮過安全問題嗎？」

艾菲爾淺淺一笑。他知道終究會遇到這個狀況。他願意不惜一切重新贏得這些員工的敬重與信任。於是他像個年輕小伙子一樣跳下工字梁堆，接著快速地跑到了柱子底下。工人們驚訝地看著他將脫下的外套往地上一丟，接著赤手空拳地爬上那座建築物——

其他人簡直不敢相信自己的眼睛，尤其是那些工字梁因為是全新的，所以特別光滑，而他腳上穿的還是皮鞋。

當他爬到接近十公尺高的地方時，他的腳滑了一下，差點摔落墜地。底下有個工人叫喊：

「艾菲爾先生，您可要當心啊！」

這句體貼的話語鼓勵了他。只見他像隻靈活的猴子又繼續爬，他也訝異自己的好身手；他打從心底知道自己又是個二十六歲的年輕人了，這種確信也令他變得所向無敵。

當他爬到這座建物的一半高度之後，竟然雙手抓著上方，讓自己懸吊在半空中。從那個高度往下看，他看不清所有人的五官，只看見一排棕色、紅色的臉，安安靜靜，不再發出任何一點聲音。

「我們一起努力打造出那該死的第一層之後，就把你們的薪水調高一倍，如何？」

那群工人先是不答，一會兒之後，其中一個「耶！」了一聲。那個聲音聽起來是那樣地令人放心，因此大家開始跟著「耶！」歡呼了起來。

「這座塔，是法國的塔，更是我們的塔！是我的塔，也是你們的塔！」

所有人都開始充滿了信心。他們需要他；他必須與大家同在。那些天當中，他們感覺被遺棄了，可是如果他能夠與他們同在，並且像此刻一樣的激勵他們，那他們連飛上月球都辦得到。

「我們一起開始建造這座塔，也要一起把它完成。」

一陣喜悅由下而上傳來。有幾個工人甚至開始抓著工字梁往上爬向了他。只是古斯塔夫的眼光已經從下方移至遠處。他對著太陽微笑，心臟撲通撲通地跳，想著此時，亞提安娜是否也和他一樣沉醉在同樣的幸福裡。

36

一八八七年，巴黎

古斯塔夫．艾菲爾曾經比此時此刻還幸福過嗎？他是否早已體驗過這種圓滿的感覺？在這場已參加近半世紀的瘋狂競速裡，他似乎無論如何都找不到終點，直到如今才在其中找到一種全新的連貫性，一種美好而真誠的明顯事實。

與亞提安娜重逢，贏回她的心，並不是重溫年輕，也不是讓深埋的過去重現，更不是陷入懷舊的感傷中，而是讓曾經中斷的一切繼續下去。

在艾菲爾的人生中，婚姻、小孩，絕對不是湊合充數的選擇，更不是支撐他這些年的護木。只是現在的他，突然感覺到充滿了氣力與能量。當亞提安娜在他的懷裡時，一切都有了意義，彷彿她就是建築的黃金比例。

對他的前未婚妻來說也一樣；亞提安娜也重獲新生了。這麼多年來備受保護、生活在可憐的安東．德黑斯塔——這個丈夫是獄卒，而他們的屋子是監獄——所編織出的舒適天地當中，她已經忘了真實的美好滋味了。只有沉浸在艾菲爾的眼中，才能完全體會到一個十分簡單、傻氣的概念，那就是真摯。

雖然多年過去了，而他們倆也老了，可是愛情的偉大就在於跨越了年齡、毀棄了時間，將一對戀侶推進一個沒有年表的次元之中。在那個次元之中存在著的，只有感情的邏輯、感官與共同喜悅的甜美音樂，以及一種唯有他們自己明白的默契，因為，他們就是主導的大師。

此外，還有這種幾乎讓人窒息的驚喜：醒來時竟發現彼此就在身旁！那就像一個延續到睡夢之外的夢境，一種會為人生帶來意義的夢。

儘管這對戀人的重逢是那般熱情沉醉，兩人還是得解決現實的問題。艾菲爾是法國相當有名的建築師，而亞提安娜則是當地最傑出的新聞記者的夫人……他們絕對不讓任何人破壞他們的幸福！別想要再拆散他們了！

所以他們得低調，不能見光，也不能被人逮著。

有一晚，當亞提安娜再度到巴蒂諾爾和古斯塔夫相會的時候，他對她說：「我們就好像在火災撲滅後見面的寄宿生。」

「我從來沒上過寄宿學校。」她不認同地回答，一邊將晚餐食材擺上桌，有麵包、準備在壁爐裡烤的排骨，以及一瓶勃根第紅酒（她自從那次意外之後，就沒再喝過一口紅酒了）。

古斯塔夫溫柔地摟著她，帶著她上床：「幸好，不然我們每個人都要愛上你了。」

亞提安娜大笑。

「我一直都夢想能夠有一支護衛隊，然後……」

艾菲爾一隻手蓋住她的嘴，沒讓她把話說完。

「我決定什麼都不告訴你了。」

他扯下她的衣服，就連鈕釦「鏘」的一聲掉落在地板上也無暇應付。

⚜

他們兩人就這樣連續度過了幾個星期的夜晚。在這期間並沒有任何人起疑，因為古斯塔夫白天都待在工地裡，克萊兒並沒覺得有什麼不對勁，而當她一大清早與弟弟、妹妹們到父親房間去喚他起床，發現房裡依然整齊、臥床也沒動過時，她也不以為意。

「爸爸在哪裡？」

「他常常在鐵塔工地那裡過夜。」

「爸爸真的好忙……」

「你們也知道的，這座塔是他的最愛。」

「他的最愛不是我們嗎？」

「當然是啊，只不過和藝術家在一起，就要懂得分享……」

克萊兒說的是真心話嗎？她沒有起什麼疑心嗎？當然有。只是她看見自己的父親在這幾個星期當中是如此地神采飛揚、喜悅洋溢，所以寧願不去知道得太多，也尊重如此明白的幸福。更何況這份幸福還具有感染力：古斯塔夫·艾菲爾的欣喜令工地裡的工人士氣大振。

「艾菲爾先生，您好像才二十歲呢！」

「這座塔讓我重拾青春啊。我夢想了這麼多年，看見它真實地在我眼前，就是我的青春靈藥。」

然而這麼說著時，艾菲爾並不知道自己口中的「它」，究竟是「鐵塔」還是「她」。

他很努力地保守屬於自己的祕密，什麼也不說。

其實，他多麼想要聊聊關於亞提安娜的事，大聲喊叫出她的名字，用稚氣的熱情歌詠她的美麗與溫柔；但他又必須時時克制住衝動，才能不把這一切說給龔帕農聽，可是這個合夥人總會忍不住問他：

「古斯塔夫，怎麼了嗎？我從來沒看過你這樣。很久沒再聽你發牢騷了。」

「這樣不好嗎？」

「這麼久了，我習慣看你發牢騷。」

古斯塔夫・艾菲爾大笑。他在他的合夥人背上結結實實地拍了幾下之後，三步併作兩步地爬上了鐵塔階梯，走到即將組成鐵塔第一層的前置完成部分。他希望再幾天就可以把這些部分組合起來。

因為一切都搭配得天衣無縫、一切都明顯地按部就班進行著，古斯塔夫不禁感到一陣暈眩。他即將打造出一個絕對的巨作，一個他所有夢想的綜合體；他不只擁有這項作品，也同時擁有了生命中最重要的那個女人。

就某種意義而言，亞提安娜讓他願意將眼光轉向現實社會。

她為他帶來報紙、最新出版的文學作品、巴黎風行的戲劇評論：「不然的話，你的世界就僅限於白天在戰神廣場，晚上和我在這裡而已。」

他苦著臉，拿起了亞提安娜給他的那本《奧爾拉》說：「這個莫泊桑我才不放在眼裡呢。他是叛徒，而且冬天時還在請願書上署名。就算他表現得一副崇高的模樣，還不是個瘋子、一個酒色之徒而已。我經常遇到他……」

亞提安娜緊緊地抱住她的愛人，用一種誇張的邪惡語氣在他耳邊低聲說：

「因為你不喜歡酒色之徒，是嗎？」

古斯塔夫情緒緩和了下來，只是那份請願書還是讓他很受傷。他真的覺得自己被背叛。

他指著左拉的《大地》[19]說：「起碼他沒參加這齣鬧劇。」這本書也是亞提安娜帶來旅店的，連同其他書擺在書架上，翻都沒翻過。

「他也沒替你說話啊。」

「他有合理的懷疑，所以他等著看我的鐵塔真正地站起來——如果可以這麼說的話——我討厭的是那些壞心眼，在什麼都不知道、什麼都沒看到的情況下就批評！」

必須要提的是，除了這對情侶躲起來談情說愛的時間之外，這段時期其實情勢相當緊張。這次，亞提安娜也同時想讓古斯塔夫瞭解世局的不安，法國與德國處於劍拔弩張的緊張局面。畢竟德國佔領阿爾薩斯與莫澤爾一事，對法國造成了創傷。四月時，一樁間諜疑雲差點造成衝突。布朗熱將軍——綽號復仇將軍——的人氣也日漸高漲。在法國

19《大地》（*La Terre*），左拉於一八八七年出版的小說。

某些人的眼中，他才是唯一讓法國重拾自尊與驕傲的人物。法國儘管在科技與科學上擁有充分的發展——艾菲爾鐵塔就是最完美的例證——卻依然受到殘害與羞辱。而這位布朗熱將軍有效地激起民眾的報復心，令政府當局感到害怕。這就是為什麼有人想辦法要箝制他的言論、排擠他，並讓他與非法買賣軍功勛章的醜聞沾上邊——儘管無法證明他牽涉其中。

古斯塔夫評論：「這個人做得太過火了。他想要讓我們再度陷入戰火當中。」

亞提安娜問：「你這麼說，是因為擔心萬一衝突發生的話，你的工程就無法繼續了，對吧？」亞提安娜很瞭解她的愛人。

古斯塔夫承認此刻的自己很幸福，一切都很美好，任何一絲一毫的障礙都會破壞這份他長久以來所追尋的平衡。

「那我們的國家怎麼辦？」亞提安娜笑了。她真喜歡他自私得這麼厲害。

「我們的國家？我已經為它奉獻太多了。現在，我想要把自己奉獻給你。」

「給我？還有給你的塔吧？」

「你明明知道這差不多是同一回事。」

37

一八八七年，巴黎

低垂的陽光從枝葉逐漸稀疏的林木間穿過。放眼是一片棕色、閃亮的色調，伴隨著十一月特有的枯枝落葉層的氣味：那是一種揉合樹皮與水塘的香氣。

當亞提安娜邀艾菲爾到森林散步時，他拒絕了，理由是天氣太涼了。秋天來得太早了，林下灌木叢濕氣太重，或許散完步就生病了。

她笑了，輕撫他的臉說：「沒關係啦，老爺爺。」

他找不到其他拒絕的理由了……

此刻，他們倆躺在一片積滿落葉、還散發著迷人香氣的乾燥草皮上。偏涼的風吹不過來，從上方照落下的陽光意外地暖和。古斯塔夫知道自己無論如何都只想待在這裡。

亞提安娜拿起一枝細樹枝，在古斯塔夫的臉上四處游移。她坦承：「我有點像是把你從你的團隊中偷了過來。」

他笑了，將頭更用力地壓在她的膝蓋上。

他輕輕地說：「這裡真舒服。一切都是那麼地平靜美好。」

亞提安娜說的沒錯。他把白天的時間用來與工人在一起，藉以慶賀他們在前一天所達到的成就：完成了鐵塔第一層！他們在政府合約所規定的時限、與古斯塔夫所宣布的期限之內，完成了這項任務。自從罷工結束之後，每個人都工作得相當賣力。雖然艾菲爾要求的時間是十五天，他們實際花了一個半月，依然還是讓公司逃離了倒閉的命運，而這也是唯一至關緊要的事情。所以他們值得在平日裡好好休息一天。

布雷尼秀問他：「所以艾菲爾先生，您明天會來這裡一起慶祝吧？」

艾菲爾坦白說：「我想我會睡到自然醒。你們也都應該要睡到自然醒。經過這樣的一天之後，睡眠對每個人來說都是好事。」

布雷尼秀笑著說：「這樣的一天？您應該說一個星期，或一整個月吧！」

這個工人說的是真的。在這個秋季裡，每一天，他們就像陀螺一樣轉個不停。一想到這裡，躺在灌木葉上的古斯塔夫．艾菲爾覺得自己像是有不同的分身，同時過著不同的生活，很難得有像這樣自在做自己的感覺。天知道從九月開始，他過得多麼戰戰兢兢，不只是讓一場罷工喊停，九月中旬時，他還在里昂信貸銀行與銀行委員會開會。那群看起來怪裡怪氣又充滿不安的銀行家，竟然宣布停止提供他任何信貸服務。這群老頭子啊，擔心的竟然不是鐵塔的堅牢度，而是鐵塔的收益！他們完全無法想像愛湊熱鬧的路人會想要爬到巴黎上空的三百公尺處……最後，艾菲爾硬充好漢，不但中止與巴黎信貸銀行的合作關係，甚至還關閉了個人、公司與分公司的戶頭。銀行方面完全沒預料到艾菲爾的動作竟如此絕決，因而相當失望。

不過古斯塔夫．艾菲爾變了，他不再妥協。他帶著青年般的熱情與衝動，選擇信任一家小小的法國埃及銀行，抵押自己所有的家當，就為了能夠繼續打造他的鐵塔。

「就算我得背債一千年，我也會繼續蓋。你懂嗎？」沮喪的他，仍堅決要說服龔帕農。

「不，我不懂……」

現在既然第一層已經完成了，古斯塔夫知道自己做對了。他向來不是個好賭之人，也不信任巧合機運之類的事，但他還是得意於自己的吉星高照。

他一把抱起亞提安娜，親吻她：「你真是我的幸運星。」

她微笑著，溫柔地吻他。

「要是能夠一直這樣就好了……」她說著時，背靠著一棵山毛櫸。這天，他們倆從接近中午開始就一直待在這棵山毛櫸下面，四周散放著他們鄉間野餐之後的殘餘食物，以及幾件他們在享用餐點前脫下而忘了穿回去的衣服。

古斯塔夫笑著問她：「一直在草皮上嗎？」

「對，一直在草皮上，而且要很快樂……」

古斯塔夫開始扭動起身體。

「我們會無聊死，還會腰痠背痛。還有螞蟻呢。」

亞提安娜大笑起來。她伸出手輕撫著戀人的額頭，手指從他花白的髮間滑過。

她糾正他：「是你會無聊死。」

「你也會。而且也沒有河可以跳。」

一提到這個，亞提安娜臉上的微笑消失了，彷彿回想起過去……隨後，她又重新感覺到了幸福：某種形式的溫柔智慧與某種形式的信任，從她的心底再次升起。

「親愛的，我真為你感到驕傲啊！」

自從在刺槐旅店共度的那一夜之後，她也一樣，同時過著不同的生活。古斯塔夫只要可以的話，就會在工人下工之後帶她去工地。夜晚掩護了他們，因為亞提安娜從來就不敢在大白天的時候爬上那些開放式樓梯。但是在夜裡，她會跟著艾菲爾去，就算有時會失去平衡，他也都會扶著她。他們倆單獨在半空中，就好似在山巔、在船首，任秋風拍擊著臉龐，內心自在而舒服。艾菲爾臉上時而顯露出的熱情是那樣地龐大、全然，令亞提安娜藏不住內心的訝異。

「你看著它的眼神實在是……」

「看著什麼？」

「你的塔。」

「你吃醋了？」

艾菲爾聽見這假意的指責時笑了，但是他無法否認自己十分迷戀這個瘋狂的作品。這個作品表現出他的信仰——他從執業之初便開始進行的一切。而亞提安娜成為了這種成就的基石，也是他多年工作的意義所在。她的妒意只不過是一時的；與創作者的藝術分享同一個男人，是所有創作者的女人的宿命。他深知如何談論這一點，也明白如何打動她。在不上鐵塔的夜晚，他會帶她到辦公室，讓她看看他的模型、草圖、照片，讓她知道，他在二十七年前逃離波爾多之後，總共打造過了什麼。而她對那些東西也表現得興趣盎然。她有問題就問，問題也總是圍繞著那座塔。她試著去理解這座革命性建築的結構；這座既違反常理卻又不可思議的建築，不斷地在巴黎人的晚餐間挑起辯論與爭執。每當這個話題出現在對話當中，亞提安娜總會忍住不回嘴。因為，就算她再怎麼低調、再怎麼避免和古斯塔夫出雙入對、再怎麼檢視他的每一個「理由」的有效性，她畢竟還是生活在巴黎，是巴黎名媛，嫁的還是最火紅的新聞記者。只是，她的丈夫安東·德黑斯塔所從事的，難道不是經常散布謠言與毀謗言論的職業？安東的態度尤其令她煩心……幾個星期以來，安東一直都是那樣地冷漠，甚至可以說對她已經視而不見了。他不問她的行蹤，也從來不問她什麼。他幾乎不和她說話，就只會對她微笑而已。就某種意義而言，這種冷漠還比承受毫不掩飾的醋意更令人痛苦。當安東偶然看見她讀著關於那座鐵塔的報導，或是艾菲爾的名字拐彎抹角地在某場巴黎晚宴中出現時，他也只是掛上了一抹苦澀的微笑。除此之外，就像是沒事一樣。沒有責怪，也不抨擊。安東與亞提安娜就像兩個生活在同一屋簷下的陌生人。

「知道嗎，他有的時候還真令我害怕！」

「他跟你說了什麼嗎？」

「沒有，但這才糟糕。他看著我，然後什麼都知道了，卻沒說什麼……」古斯塔夫·艾菲爾一陣毛骨悚然。他認識安東已經很久了。他還記得年輕的時候，曾經隱約看見安東的藍色雙眸中閃著瘋狂的光芒。像鯊魚一樣的眼神。一雙在發動攻擊時，會蓋上一層薄膜的眼睛。

「他有傷害你嗎？」

亞提安娜故意支支吾吾地回答：

「對我嗎？沒有……」

一陣沉默。古斯塔夫不敢辯駁。他並不想要安東破壞了這個如此溫柔、幸福的時刻，可最後還是忍不住問了：

「你想要結束，是嗎？」

亞提安娜再次給了他一個安心的微笑。她彎下身子，又親了他的額頭、鼻尖、顴骨、下巴、脖子──除了他的唇。她淘氣地故意避開這個部位。

「古斯塔夫，你真是個笨蛋。」

「你希望我們不要再見面了嗎？」

亞提安娜挺直身子，背靠著山毛櫸不再說話。一隻啄木鳥在他們的頭頂上啄著樹皮。她完全沒想到深秋還能見到啄木鳥的蹤跡。當她小的時候，總是喜歡待在父母的樹林裡，沒有什麼比森林的嘆息更能令她開心了。

她低聲說：「我會和他談談的……」

「什麼時候？」

「今天晚上。等我們回到巴黎之後……」

古斯塔夫的心跳開始加速。最近，當他像特技演員一樣的走在連結四根側柱組成第一層鐵塔的工字梁上時，暈眩感比往常來得更加強烈。

「你確定嗎？」

亞提安娜凝視著他。眼神如熊熊的火焰般強烈。

「那古斯塔夫你呢？你確定嗎？」

他沒有回答，只是一把摟住了她的脖子，用力地吻她。

38

一八八七年，巴黎

亞提安娜提早回到家等她丈夫。她很清楚安東在星期三的時候，會和他的編輯朋友在林蔭大道上的馬格里餐廳狂喝啤酒，然後帶回一堆八卦。她花了很長的時間泡澡。但這並不是為了洗淨這一天在森林裡所沾染的汙穢，而是為了暖和身子。她一想到即將面臨的衝突，就不禁渾身發寒。

古斯塔夫雖然一再地表示不急，可以暫且緩緩，還說這種見不得光的愛情，擁有青春少年的魔力與一個祕密所擁有的魅力，可是亞提安娜心意已決：就是這一晚了。

在這個被黑夜佔領的大會客室裡，她坐在靠壁爐的角落裡，燃燒中的火光是唯一的照明。

她以帶著某種錯愕的眼光望著這個寬廣的空間。裡頭的一切都顯得那樣地沉重、脆弱與笨拙。她怎麼有辦法在這裡生活那麼多年，而且還能夠找到樂趣與某種平衡，甚至快樂？這問題對她而言太過深奧了。她將這間屋子視為戲院的某個布景。現在，她不再是演員，而是走進了真實的人生。在這二十六年當中，她就這樣困在幕與幕之間，無法逃脫。當古斯塔夫的面容硬是出現在她的思緒之中；當她想著他的體味、充滿力量的動作、強大的意志之時，這種溫室裡的生活就顯得十分可笑了。

「永別了……」亞提安娜就像哼著童謠般的說出了這三個字，同時將她在抽屜裡找到的一張夫妻合照丟進火焰裡。

一個微弱的聲音在她心底悄悄地說，這麼做不但沒有用還很殘忍。對她來說，安東已經死了很久，他們倆的生活就像是兩條平行線。他晚上不是在妓院，就是在某個喜歡他的文采、覬覦他的錢包的粗俗仰慕者家裡過夜。她看著丈夫的身影膨脹、扭曲、變成光圈、腫塊，接著變黑、燃燒。而她自己的臉，也在壁爐的炭火中出現了同樣的變化，可是亞提安娜早已經有了轉變，擁有了新生。就只剩把事情釐清、把事情說出口了。

亞提安娜看向客廳裡的吊鐘：九點半了，安東還是沒回家。為什麼他偏偏就要在她很想和他談話的時候比平常晚回家呢？人生真是充滿了尖酸的嘲諷啊。

她翻開了吉普夫人最新出版的作品。她的書近來十分暢銷。她手上的這本書，書名倒是相當諷刺：婚姻的喜樂[20]。只是她完全沒辦法專心，才讀不到三行，書上的字便開始在她的眼前跳起舞來，而她的心思也飄向了窗外，回到了塞納河畔的鐵塔底下。明晚，她就會在那裡。她會與古斯塔夫相聚，自由且幸福，新的一切終將開始。

十點半的時候，大門猛力地碰撞了一聲，把亞提安娜給嚇了一大跳。她睡著了。壁爐裡的柴火也差不多燒完了。餘燼的火光微弱地照著，客廳幽幽暗暗地就像座洞穴。當安東走進客廳時，大門口的光線顯得十分刺眼。

「啊，你在這裡啊？」

安東看到她在客廳裡很訝異，但他隨即轉過頭去，帶著踉蹌的腳步走到了吧台邊，笨手笨腳地打開了酒。

她全身緊繃，心想：「他喝酒了……」這樣子一來，事情就麻煩多了。當安東喝醉的時候，整個人就會變得暴躁易怒，甚至還有暴力傾向。她曾經親眼目睹他因為覺得某人冒犯了他，在人行道上像個工人一樣的和人打起架來。此刻醉酒的他看來也沒有清醒多少，因為他手指顫顫巍巍地倒了一大杯苦艾酒喝，接著走到壁爐的另一側，在她對面

---

20 《婚姻的喜樂》（*Joies conjugales*），法國作家吉普（Gyp, 1849-1932）於一八八七年出版的作品。

的扶手椅坐下。他發現壁爐裡該添木柴了，於是伸長手，抓起一大塊木柴丟了進去。爐中尚未完全燒盡的火炭溫度極高，碰上乾燥的木柴便在瞬間燃燒起熊熊火焰。

兩人在火光之中互望著。

亞提安娜看到的是瘦削的面頰、僵硬的輪廓、因為酒精的作用而顯得尖刻且游移不定的無神雙眼。安東注視著的，是一個他再也不認識的女人；一個與他生活，卻猶如與他在餐廳裡擦肩而過的人。當然，他大可以反抗，可是他沒有反抗的氣力，不過至少他沒有相信那些閒言閒語。他就只是隨別人說，任人家擺布。話說回來，他一向自主，也允許亞提安娜過自己的生活、有自己的朋友，去想去的地方。只是現在眼光已經扭曲，誤解開始滋生，他也被冠上可笑的綽號，事情也就不一樣了。然而無法改變的是，當他一面對妻子，身子就會定住；那是一種出於下意識、幾近恐懼的尊敬，也是儘管歲月流逝，他從新婚開始便對她付出的那份真摯之愛的最佳化身。

「你今天過得好嗎？」他好不容易說出這幾個字來。苦艾酒燙了他的舌頭。

亞提安娜冷冷地望著他。她的眼中已經沒有任何感情，也沒有任何憐憫，有的只是疲乏的冷漠，以及放棄完成一件從來就沒有人會開心的工作的心思。

「安東，我不知道……」

安東沒有回應，但是亞提安娜清楚觀察到了，他的臉上並沒有出現任何的情緒起伏，他就只是拿起小鉗子，將掉落在柴架間的木炭撥回，同時壓了壓爐火。火焰重新熊熊燃燒了起來，再次照亮了他們兩人的臉龐。

亞提安娜感覺到肺部彷彿被掐住了。這股沉默令人窒息。

「說點什麼吧！」

德黑斯塔繼續眼也不眨地望著爐火，就像被催眠的貓，隨時都會投火自焚。接著，他緩緩地轉頭看著妻子。

亞提安娜心中一凜。他終於摘下偽裝的面具，露出了真實的臉孔：陰暗、銳利，帶著一種冰冷的暴力。

「為什麼當我在兩年前和古斯塔夫．艾菲爾再次見面的時候，你沒跟我坦白呢？」

她不知道該回答什麼。一股真真確確的羞怯打斷她的話，彷彿她正在考試，彷彿不管怎麼回答都會得到懲罰。她只能聳聳肩，選擇迴避，同時氣自己表現得如此懦弱。

他幾乎像是壓低了聲音又說：「還有醜聞。你有想過會傳出什麼樣的醜聞來嗎？」

這句指責反而讓亞提安娜又生出勇氣。原來對這個男人而言，這才是他在意的。安東．德黑斯塔並不是一個戴綠帽的男人，而是一個在乎社會地位的中產階級。問題在於毀謗、閒言閒語，而不是心傷。這位大記者就像他偶爾在專欄中發表的不具名短評一樣，尖刻毒辣，為了逞一語雙關之快，而毀了一個人、一個家庭。

「安東，我不在乎醜聞。」

她的丈夫悶聲冷笑。他再次拿起小鉗子挑弄調整著柴火，就好像藝術家修改畫作一般——不是為了追求完美，而是要找到別的東西、不同的角度。

「你，或許你也不在乎你自己。說到底，你也不在乎我……」

他整個身子用力地往椅背靠，而後以一種不懷好意的愉悅盯著自己的妻子看：

「亞提安娜，他呢？」

「古斯塔夫他愛我。」

安東一陣寒顫。從來沒有事情可以說得如此直率；這個令人悲傷的事實，如同酸雨一般的滴在他的心上。他甚至為自己還會被影響而感到詫異。但被什麼影響了？是嫉妒？是自尊，是佔有的原始本能？還是屬於他的時刻已然過去，他的時日無多也已得到證實？

他又倒了一杯苦艾酒，說：「我跟你說的不是愛情，而是名聲。還有金錢。」

這兩個詞讓亞提安娜覺得毛骨悚然。她輕蔑地打量自己的丈夫。看樣子，他讓事情更好辦了。

「你只在乎金錢和名聲嗎？」

她看見自己的丈夫在聽到這個問題時，整個人又是一副幸災樂禍的模樣，彷彿他正預謀進行什麼陰險的勾當。

「古斯塔夫如果想要繼續他的輝煌事業，就需要金錢和名聲。」

安東．德黑斯塔重重地坐進了椅子，雙手手指在變圓的肚皮上交疊，姿勢看起來就像是酒足飯飽的食客。他的眼神越來越明亮，臉上也浮出了微笑——一種毫無愉悅之情，就跟斷垣殘壁一樣悲哀的微笑。

「巴黎議會已經準備投票決議，要等艾菲爾蓋好第二層，而不是第一層，才會把那筆給鐵塔的款項付給他。」

亞提安娜一聽，瞬間失去了信心，因為她明白：要是那筆期待中（並且公布）的經費沒能夠在這個星期內撥給古斯塔夫的話，他必定破產無疑。德黑斯塔發現自己又佔了上風，於是怪模怪樣地半瞇著眼，又說巴黎議會只是問他關於這件事的意見。

「你知道的……這些人會把我的話聽進去……」

他的妻子開始苦惱。這就是他好幾個星期以來所策動的一切。所以他什麼也沒說，而只是任由事情發展，並且默默觀察、假意心照不宣，同時以一種拆彈專家的耐性準備反擊。

就像是要給他們致命一擊似的，安東走向書桌，拉開了一個大抽屜，接著關上，走向他的妻子。她不由自主地往後退了一步。一堆名單、文章、信件、卡片、名片……全都只有一個主題：對於艾菲爾與他那該死的塔的憎惡。

「你想讀請願書嗎？也都在裡頭了……」

亞提安娜非常震驚。她完全沒想到安東幹得出這種事來。愛情消失並不等於鄙視，但他此刻給了她額外的武器對抗所有的遺憾與後悔。他令她覺得噁心至極。

「我花了好幾個星期收集這些文件。我會寄給我所有報界的朋友，讓他們幫我收起來。當你們倆沉浸在愛河之中時，我已經收集到足以開館展示的資料了！」

德黑斯塔的喜悅是如此地醜惡。亞提安娜以為在自己眼前的是一隻鬼怪，是一隻裹滿黏液的爬蟲。

接著，他帶著冷笑地說：「有了這些資料，我就有辦法讓他陷入麻煩裡，無法翻身。你想看嗎？」

他的妻子心裡既難過又痛苦，同時也嚇壞了。安東這個人什麼都做得出來。他只要把這堆爛泥給巴黎議會的議員看，就能夠促使他們決定讓這種莫名其妙的事情發生個夠。這對艾菲爾而言，代表的是破產、名聲敗壞、一蹶不振！

她從椅子上站了起來，低聲問：「你真讓我反感。不過你知道嗎，我要和他一起生活了。」

德黑斯塔面色發白。當亞提安娜倒退著走到了客廳入口，逐漸消失在黑暗中時，他的雙手開始顫抖。

「誰都不能再次將我們拆散！」

安東．德黑斯塔從椅子上倏地跳起。他快步地穿過客廳。亞提安娜害怕到幾乎無法呼吸——可是太遲了，他已經來到她的面前，與她面對面。他的表情透露著萬千的情緒，然而最明顯的是憤怒、是殘忍的喜悅，彷彿他正享受他的權力。他將文件舉至妻子的頭上，就像是用武器指著她一般，接著語氣極度平靜地對她說了這麼一句：

「你好好想一想。」

39

一八八七年，巴黎

天啊，這景觀實在太美了！克萊兒每次一登上鐵塔，總會感動到說不出話來。她一向對自己的父親有信心。他那頑強的毅力，總令她十分佩服，但有時卻會使人痛苦，因為當古斯塔夫．艾菲爾的女兒並不是件容易的事，特別是在她們的母親過世之後。她再一次凝視這些驚人的成果，俯身靠著的這片欄杆，猶如在巴黎上空的露台。

「要是今天你摔下來就太可惜了。你應該等到第三層完工，到時候摔下來就會更了不起……」

克萊兒笑了起來，轉身對著她父親。他看起來神采飛揚。她從來就沒見過他這麼開心、這麼有自信。這幾個月以來，他改變了許多。以前的古斯塔夫．艾菲爾，性格靦醜，但在瑪格麗特過世之後，他便用盡辦法保護自己的孩子，不讓他們受到嚴酷的世事影響，還努力對他們表現得溫柔——不過坦白說，就他的個性而言，要表現得溫柔有時並不容易。可是幸好有溫柔、充滿母愛、深情的克萊兒在。現在，換克萊兒自己也成了一個女人，不久之後也即將當上媽媽。而可憐的阿爾道夫自從在艾菲爾建築公司上班，三年來的生活就像戰鬥一般，然而，這也是某種形式的考驗。克萊兒值得他付出努力，古斯塔夫也想要這個「新同事」能夠配得上他親愛的寶貝。就算遇上了困難、罷工、焦慮、懷疑，鐵塔依然每天往上伸展一點，克萊兒也開始夢想著自己的婚禮。

她對父親說：「我想以白色為主調。」古斯塔夫俯身靠著欄杆。父女倆的肩膀輕輕挨著肩膀。

一名工人在他們的上方幾公尺處表演著特技。艾菲爾的眼睛跟隨著那名工人，看他如技藝嫻熟的舞者般，將兩條工字梁組合在一起。多棒的冒險！多美的夢境啊！

克萊兒眼神迷茫，繼續說：「當然是我的禮服了，不過鮮花和裝飾也一樣……」

古斯塔夫打趣：「白色，對於婚禮來說不算太呆板。親愛的，你做的選擇很好。」

克萊兒親暱地拍了他一下，當作處罰他說話挖苦她，不過古斯塔夫・艾菲爾笑得更開心了。

婚禮嗎……當然要，怎麼會不要呢？前一天，他與亞提安娜在森林裡、在大自然的照應之中，就像一對年輕未婚夫妻一般，而現在她就要和安東分手，回到他的身邊，也就沒有任何可阻擋他們結為夫妻的理由了。此外，他的其他孩子在克萊兒獨立、並且打造自己的家庭之後，也能夠有個母親。這一切似乎安排得很妥當，一件件的事情都能夠順利接軌，就如同這些逐漸完整、接合、互相平衡，組成這個蛛網結構的金屬零件，而在上頭的他們，就像是黏在上面的昆蟲。

古斯塔夫溫柔地看著女兒。

「你媽媽會以你、和以你成為的女人為榮……」

克萊兒轉過頭看著風景，雙眼微微泛著淚光。她的爸爸難得提及瑪格麗特。她輕聲說：「我好想她。」接著大口吸進了巴黎的空氣。

艾菲爾伸出一隻手摟住她的肩膀，她立刻依偎在他的懷裡。

然後，又彷彿抗拒表達出激動情緒似的（她可是古斯塔夫．艾菲爾的女兒呢），她又重新沉浸在關於婚禮的幻想中，並開始想像著婚宴、穿著、喜宴的餐點……

「爸，我希望你不要把和你生意有往來的人都邀來，畢竟那只是婚禮，不是落成典禮。」

古斯塔夫又笑了。

「親愛的，我答應你。」

他心想，或許他們在同一天結婚也未嘗不可呢？不過他隨即又發覺這個念頭太醜陋了。可憐的克萊兒，那麼重要的一天，他當然不能搶走她的鋒頭。一想到這裡，他又開心了起來，特別是他至今遲遲未介紹亞提安娜給他在這世上最珍視的那幾個人。他想要「好好地、正式地」向他們介紹她。

「克萊兒……」

「什麼事啊，爸？」

艾菲爾望著她的神態有些奇怪，突然之間，比起克萊兒，他才像個孩子，而且彷彿準備坦承自己做了什麼傻事。

「我想要跟你說……」

為什麼他不說下去呢？

「有這麼嚴重嗎？」克萊兒雖然擔憂起來，但是更因為他的害羞而動容。

「我的生命裡出現了一個女人……」

他語調如罪犯，低聲說出了這句供詞。可是克萊兒看他的眼神又多了幾分的情感。她會不會以為他瘋了？艾菲爾真的以為沒有人察覺到什麼嗎？從那些夜晚在工地的相會、遲歸，一直到她在整理他的衣櫥時，在他外套的肩膀處所發現的頭髮。

「你會發現她是個與眾不同的女人。」艾菲爾接著說這話的同時，一把握住了克萊兒的手。

克萊兒點點頭。

「對！爸，那是真的。她是一個不可思議的女人，而且還很漂亮。」

古斯塔夫一驚，不敢再多說什麼。所以她知道了？還是剛好猜到的？但那都不重要。他的心情輕鬆起來了，整個人煥然一新。這一天以甜美的方式揭開了序幕——他知道亞提安娜正與安東談分手，晚上就會與他會合，並且永遠不會再離開——而且他的家人也接受、認證他的愛情。還有什麼比這些更能夠讓他開心的？

「你幫我跟你弟弟妹妹說吧？」

這句話令克萊兒感動到再次淚眼盈眶。她點點頭，同時轉身看向眼前的大片風景。鐵塔底下，一八八九年世界博覽會所預定的建築真的開始動工了，但是沒有任何一個能夠比得上她父親所夢想、渴望建造的那座鐵塔。

古斯塔夫說：「她今晚會來這裡找我。我們肯定要一起生活。如果你們想要的話，我們可以住在一起……」

克萊兒的手埋在他的手心裡。她低聲說：

「我為你感到開心。」

40

一八八七年，巴黎

夜幕低垂，所有的工人都離開了。艾菲爾獨自留在工地裡，與他的鐵塔親密地面對面。他希望這份自私的幸福能夠再持續久一點。一切都以一種令人困惑的完美，井然有序地排列著。再過一個小時，他的真命天女即將與他會合，並且再也不會離開。與此同時，他享受著一種輕飄飄得幾乎令人窒息的感覺，這種感覺令他彷彿走在絲綢之上。就在今夜，一切將要從此改變。就某種意義而言，他正在揮別過去，只是他道再見的，不是他的青春——因為，她已經回到他的身邊——而是這些年來的辛勞、堅持、憤怒與效率。話雖如此，當他想到這些種種，心頭仍然一揪。短短的、平靜而溫柔的哀悼，但是伴隨的是一次的出發。究竟是他往前走，而他的過往逐漸與他拉遠了距離？還是，生命只是出現了改變？要是在兩年前有人向他預言這個轉變，他肯定是不會相信的。

亞提安娜從此就要在他的身邊。古斯塔夫．艾菲爾的人生就要從一個大寫的A開始，如同他的塔往上伸展，準備刺穿巴黎的天空。

此時的靜默迷人，就像是擁有了巫術，彷彿整座城市都按下了暫停鍵。鐵塔融入了天空，即將成為星辰之一。古斯塔夫憶起二十七年前，在一個相同的夜晚，他也像這樣在一座工地裡散步。當時那裡也有一條河流，名叫加龍河，還有一個即將前來見他、然後跳入河裡的女人，只是當時的他還不知道。可現在他知道了，這份確信令他心臟狂跳，喜悅得心悸。過於強烈的心悸，讓他不得不倚靠著柱腳站著。儘管他常常把自己當作年輕人，但他終究是個被生命與時間腳步磨練過的成熟男人。如今，亞提安娜的樣貌仍然年輕得驚人，而古斯塔夫．艾菲爾卻已經有了年過五十的模樣，他的醫生也拜託他不要過於操勞，但是他根本不在乎！他的旺盛精力總是讓他可以心想事成。行動是他的興奮劑，如果沒有計畫、沒有這股創新與大膽的力量——這股總是鞭策他成為最好的、成為第一的力量——他就不知道如何活下去了。

「成為那個唯一的、最好的……」他陶醉於自傲之中，低聲地說。

他並不介意如此自負，畢竟四下無人，於是他又多享受了一會兒這最好人生的時刻。

突然，一陣聲響劃破了黑夜的靜默……腳步聲逐漸接近……古斯塔夫站直身子，注意著那片黑暗中的動靜。聲音是從入口那裡傳來的。

聲音離他越來越近。他的心跳開始加速：沒錯，是馬匹的聲音。還有馬車車軸那獨特的吱嘎聲。

古斯塔夫．艾菲爾心裡既是興奮又是激動，全身汗毛直豎。他急急地往入口走去。

馬車就在另一側。靜止不動。

古斯塔夫對著馬車微笑，就像看見了亞提安娜，對她微笑一樣。然後他停下了動作——這就是他夢想中的場景，幾乎像一幅畫：古斯塔夫在入口柵欄的一側，亞提安娜在另一側，兩人穿過黑夜，走向彼此，相互交會……卻發現自己在兩個世界、兩個人兩種生活的邊界上，接著就如同涉水過河一般，他們即將展開真正的生活……

然而，眼前的現實卻是——什麼動靜也沒有，什麼都沒發生。

只見馬兒蹬著腿，其中一匹輕輕地嘶鳴。馬車夫抽著菸斗，眼神茫然，隨即打量起這座拔向他頭頂上方的奇怪鐵塔，僅此而已。馬車的窗簾仍舊緊閉，但有一絲微光從厚重的窗簾中穿出。

幾分鐘之後，艾菲爾開始擔心了。亞提安娜到底在玩什麼把戲？她是不是在跟他打啞謎，待他走近……就像一場明明說好要在雙方中點進行的決鬥，結果其中一方竟然得走進對方的地盤……

這時，金屬的聲音響起。那是彈簧鎖的聲音。

當馬車門打開的時候，艾菲爾心裡既是不安又是放心。這場喜劇開始變得無趣了，但奇怪的是，竟然沒有人出來。

基於本能，他開始猶豫了。他走向柵欄，打開它，走出了工地，而眼前的一切卻詭異地大幅改變，那輛馬車彷彿會隨著他趨近的腳步而越退越遠，然後在突然間又出現在他面前……撲面而來的，是髮絲的氣息，加上一股非常熟悉的香水味——是亞提安娜的香味。

車廂的門開了，他仍舊看不到車廂內部。雖然不想做出什麼過分的舉動，但他就是覺得自己很可笑，居然爬上了車廂的踏階。

他感覺自己的心跳就要停止了，就在這時候，有個聲音說：

「晚安，古斯塔夫……」

41

一八八七年，巴黎

他幾乎從沒看過如此兇暴的眼睛。安東的那雙眼睛並不是在看他，而是指責他。亞提安娜坐在他身邊，定定地望著前方，彷彿此時此刻並不想面對現實；彷彿她的在場是具有象徵意義，是不得已的。

艾菲爾對這一切感到相當困惑。到底發生了什麼事？為什麼他們倆一起來？亞提安娜的態度又代表什麼？德黑斯塔幸災樂禍地盯著他看，就好像是專程來這裡整他似的……

「亞提安娜？」

她不回答，也沒轉過頭來，整個人的姿勢就如同蠟像一般，唯獨擱在膝蓋上的手套微微地抖動著。

安東指著他們夫妻倆對面的椅子，說：「坐上來吧。」

艾菲爾忍住噁心的感覺，進了車廂。

安東語帶諷刺地說：「終於可以獨處了。」同時朝自己的妻子眨了個眼。她默默地以表情反應心裡的厭惡。

艾菲爾完全說不出話來。眼前，事情的發展完全出乎他的預料。在安東．德黑斯塔的嗤笑聲中，這位工程師設想出的結構，一瞬間崩塌了。

「安東，你想怎樣？」

「我嗎？我不想怎樣。沒什麼好說的，我只想要一切都回復成原來的模樣，就這樣囉……」

艾菲爾此時看見的是一個少了一點攻擊性的受傷男人。就這幾個月以來所發生的事情來說，安東是有理由生氣。所以，他來這裡，是為了進行形式上的終結辯論嗎？如果是的話，那麼，他應該單獨來這裡，以男人對男人的角度處理，而不是在這個爛肥皂劇的場景裡，硬是把亞提安娜放進來。

「古斯塔夫，你不能夠像這樣偷走別人的人生。你們這些工程師、建築師，以為看得比別人高、比別人遠。你們自認攻無不克，可是你們錯了……生命並不會遵守公式與方程式……」

艾菲爾看著安東那顫抖的面容，顯然說出這番話讓他很痛苦。但奇怪的是，亞提安娜從頭到尾卻一動也不動，只是直視前方，就如同看她的愛人是一項罪過。

「我認識亞提安娜的時候，她才出院而已，她住院住了一年，而且身體很虛弱。」安東動作極其溫柔地牽起了妻子的手。她的反應令人詫異，居然毫無抗拒。她的手指僵硬不已，看上去就像是一只無生命的手套。

「她很孤單，而我正好就在她身邊……」

艾菲爾看見她的臉頰微微地抖動，彷彿終於活了起來。

「我沒有建造過任何一座橋梁或任何一座塔，可是當時我很愛她，現在也是。是我讓她重獲新生。」

亞提安娜的雙眼蒙上了一層淚光，雙唇顫抖。

「古斯塔夫，你不能什麼都要。放過我們吧。」

此刻，一行淚水沿著那張漂亮的臉孔滑下，像要襯托她的鵝蛋臉。艾菲爾的思緒越來越亂了。

他有些哽咽地叫了她的名字，但她不敢看他，反而將頭轉向馬車窗簾那一側。

「我們今晚就會離開。」德黑斯塔打算以此做終結。

古斯塔夫心頭一驚。這是不可能的，這不是真的。

他低聲怒罵：「你不能這樣！」

「是嗎？」

安東．德黑斯塔立刻變臉。那個向妻子坦露愛意的誠懇男人，此時換了一副尖刻又憤世嫉俗的面具；那個嗜血的專欄作家回來了，以充滿恨意的冰冷眼神打量著他的老同學。

「你能夠為了愛亞提安娜犧牲什麼？我知道不會是我們的友情，因為那已經是事實了……」

艾菲爾用盡全力大聲辯駁：「所有的一切！我的命！」

德黑斯塔一聽，開始哈哈大笑。他的雙眼迸出了火花。

「你看看！這個人為了當情聖可以奮不顧身啊！古斯塔夫啊，我坦白跟你說，依你這個年紀……」

亞提安娜一把抓住丈夫的手，但沒有回頭看他們。

「安東，別說了……」

艾菲爾稍稍鬆了一口氣，因為他終於聽見她的聲音了，然而她沒再說話，而是繼續保持那種令人難受的僵硬狀態。

德黑斯塔像醫師對病人一樣的輕輕拍著妻子的手，依舊用諷刺的語調問古斯塔夫：

「你準備要為我的妻子而死嗎？太棒了，真偉大啊！又蠢又偉大！不過這也會是一篇很有看頭的社會新聞。我覺得你這個人夠瘋所以一定做得出來……雖然你看起來冷漠，但你一直都是我們倆之中最激情的那一個。要提防表裡不一的人啊……」

他隨即用力踢了馬車車廂門一腳。整輛馬車隨著這一下撞擊開始搖晃。馬匹受到驚嚇，拚命嘶叫了起來。一絲冰冷的空氣流進了車廂。儘管天色昏黑，他們還是看得見那座鐵塔。待浮雲散去時，月亮露出臉來，在金屬上投下了一道乳白的夢幻微光。眼前的景致十分動人。

「古斯塔夫，那它呢？」

艾菲爾沒回答。他知道德黑斯塔指的是那座塔。

「你也準備好犧牲它了嗎？因為政府放棄了這項計畫；因為巴黎議會斷了你的糧，所以你必須放棄它嗎？有時候，只要利用媒體宣傳一下——」

德黑斯塔在此打住，同時注意著艾菲爾的反應。

艾菲爾心裡既是震驚又是沮喪。所以，會是這樣的結局嗎？這真是個下流的威脅、一場卑鄙可恥的討價還價。

他啞口無言。在這幾秒的沉默當中，只有他獨自站在十字路口上，不知道如何回應。

亞提安娜終於轉過頭來。她瞭解艾菲爾心裡在想什麼：這個兩難的困境實在過於殘酷，沒有人會希望走到這樣的地步，尤其是她。

艾菲爾從她的臉上讀出了一份真摯且深刻的愛，以及一種深不見底的悲傷，與放棄。她臉上的每一道線條都刻畫著屈從；要是有哪個人犧牲的話，那絕對是她，而且也只有她。

「古斯塔夫，這是我的決定，不是安東的，也不是你的。」

艾菲爾發現淚水湧出了眼眶。他很想用力地將她摟進懷裡，讓這一切都消失在兩人記憶的裂縫之中；讓這一切就像從來沒有發生過；讓他們倆再回到波爾多的加龍河畔，在兩人第一次身體交纏的那間小屋裡……

可是沒辦法。他們之間的一切已經結束了。流逝的歲月不但老化了身體，也硬化了人心。下不情願的決定、做不甘的選擇，以及犧牲的時刻已經到來了。今天，他們三個都會失去些什麼，都會內心沉重、倍感屈辱地回去，彷彿他們內心僅存的那些純真遭人從此抹去。

亞提安娜又說了一次：「這是我的決定。」然後伸手抓住了古斯塔夫的手。

德黑斯塔坐在椅子上的身體往後退，因為這對戀人彷彿當他不存在似的經過他面前、違背他的意願。他咬緊牙根，閉起了眼睛，就像病人知道治療即將結束時那般的忍耐著。可是古斯塔夫與亞提安娜的眼中根本沒有他，兩人就只是沉醉地望著彼此，而且看上去很幸福！在那當下，他們倆真的相信一切都是可能的，而且他們可以跨越歲月、對抗人生、扭轉命運。他們感覺到許多炙熱的回憶正從一隻手傳送到另一隻手，如同兩人的體內流著共通的血液，因而難以分開。有那麼一會兒，古斯塔夫抽開了手，但亞提安娜的手指立刻緊緊抓住他的手不放。他們誰也沒說話，就只是呼著相同的氣息，雙眼沉浸在對方的眼神裡。

隨後，這兩個人就像服裝模特兒一樣垂下了雙臂。

心痛的感覺如此強烈，令他們說不出話來。

當古斯塔夫踩在踏階上時，以為地面正在搖晃。他想起當他搭船航海幾個星期之後，再次踏上陸地時，也是這種感覺。一種時時刻刻都在暈眩的感覺。

現在要進行最難的部分了，那就是不要回頭。別想要再看最後一眼，因為那只會讓一切更痛苦。一八六〇年的艾菲爾會回頭、會再看最後一眼；他會像初到布爾日家庭時那般，等待、包圍、戰鬥。可是一八八七年的艾菲爾有了改變——變得更好？還是變得更糟？但這些都不是問題所在。無可否認的是，他已經不一樣了。他與亞提安娜曾經想要捨棄時間重回過往，但那些都只是稍縱即逝的幸福。生命是另外一回事。就是這樣。

當他聽見車廂門喀地關上時，心上彷彿插進了一把刀。隨著馬車逐漸消失在視線之中，艾菲爾不願意再去想了。亞提安娜為了避免讓他做選擇而犧牲自己，這難道不是愛情最美好的證明？憂傷令他哽咽，可是一切都結束了。完完全全結束了。當馬車晃晃顛顛地前進時，他聽見馬蹄聲達達地敲著石板路。等他穿過柵欄時，那些聲音慢慢地、小心地逐漸消失，隨後歸於靜寂，留下古斯塔夫・艾菲爾和他的鐵塔獨自在一起。

終曲

一八八九年三月三十一日，巴黎

他有沒有看過鐵塔這麼美的模樣？古斯塔夫・艾菲爾感覺自己一直以來並沒有好好看看它。因為它佔據了艾菲爾所有的心思，艾菲爾為了它而活，在它的影像中入眠，在醒來時對著它微笑，時時刻刻想著念著都是它。現在，他們倆都在這裡，也終於可以好好地面對面了！他見到它了，未施脂粉卻美得令人有不當遐想。

人群讚嘆著。看熱鬧的人群揮舞著藍白紅小國旗。數以百計的人跨過了旁邊的建築工地來到了戰神廣場。再過一個月，世界博覽會就將揭幕，然而展覽館的工程進度大部分都延遲了。清真寺的尖塔、寺廟、城堡、溫室、茅屋……以軍事學校為起點，一路走來，就像是環遊了世界一周！艾菲爾往人群那邊看去，看見了工人切割、裁修、測量、在屋頂間跳上跳下，拚命幹活。要是在開幕那天還沒完工的話，丟臉的不是他們，而是他們的國家。

一想到這，艾菲爾就覺得輕鬆自在。他的鐵塔已經完工了。站在頒獎台上，穿著禮服的他聳肩縮頸的，看起來好拘束啊。他轉過身，又看了它一會兒。漆成紅丹色真是個好主意啊！彷彿讓它穿上了最美的禮服參加舞會。這個油漆的顏色，讓它在春陽之中散發著性感的光采。大家的運氣夠好，才能有這麼晴朗的天空。前幾個星期的天氣很糟，沒想到春天就這麼突然降臨，彷彿也想要慶祝這座鐵塔的誕生。在晴空中，它歡欣地伸向了雲間。

其實，落成典禮提早舉行，他心裡是高興的。當然了，某些細節還需要再琢磨琢磨，可是有誰會注意到呢？民眾興高采烈的表現，推翻了先前的毀謗流言。不過那些出言毀謗的人，隨著鐵塔的施工進度也逐漸閉上了嘴。當鐵塔蓋到第二層的時候，就只剩幾個河邊居民還在抱怨。等到第三層也完工時，除了喜悅、驚訝、敬佩以外，不再有任何不滿的聲音了。

「我真想爬到上面去耶。」當小孩子經過這座巨大建築物腳下時，總會跟父母這麼說。

「寶貝，得等到世界博覽會開幕的時候才可以。」

「還要多久呢？」

「要到五月。」

「那你會帶我去嗎？」

「如果你有乖的話……」

這類的對話，艾菲爾不曉得聽過多少次了，每一次都讓他感到安慰。雖然鐵塔在這一天正式啟用了，但是也得等到世界博覽會開幕的時候，才能上去參觀。而且樓梯與手扶梯還有一些小地方得鎖緊，所以只能算半啟用而已。

事實上，他大可以拒絕這場提早舉行的落成典禮，只是他可以拒絕嗎？不，艾菲爾沒有得選，所有的一切都是政治考量。布朗熱將軍憑著高漲的人氣與充好漢的宣言，幾乎撼動了整個共和國，媒體每天輪番報導，而且樂此不疲。所以，需要轉移大眾的目光，吸引他們來欣賞一個共和國真正的孩子、一個鋼鐵打造的女兒、一個國家之光，而不是一個不討喜的軍官。

這個計謀得逞了。才幾天的時間，報紙談的不再是布朗熱將軍，沒有一份報紙的頭條不是這位工程師與他的金屬狂夢——從今而後，就稱它為「艾菲爾鐵塔」。

戰神廣場上充滿喜樂。群眾在他的腳下，鐵塔在他的身後，艾菲爾感覺自己就像站在兩個不同的世界之間，然而他的人生不也一向如此嗎？

他感覺到一隻手伸進了他的手中。

「爸，你還好嗎？」

克萊兒情意深長地望著他，另一隻手放在他那已經圓滾滾的肚子上。

「多美好的一年啊……」艾菲爾低聲說道，同時在克萊兒的頭髮上輕輕一吻。

這並不是個站出來讓眾人評頭論足的時刻，不過底下的群眾倒也不怎麼注意這位工程師。他們寧可花心思辨認一個接著一個走上越來越狹窄的舞台上的那些人士到底是誰。

人群中有一個聲音說：「站在那邊的傢伙，不就是薩迪．卡諾嗎？」

「不是，總統不在這裡。他在博覽會開幕的那一天才會來。」

「那左邊那一個呢？」

「他啊，是提哈德，議會主席。」

「啊，那個大鬍子又是誰啊？」

「洛克伊啊，他是前任部長。」

「欸，你真厲害。」

「沒有啦，我只是有事先做了功課……」

艾菲爾聽了這裡那裡傳來的對話，不禁莞爾。

「咦，那個牽著一個年輕孕婦的灰頭髮先生是誰？」

「他啊，我不知道。應該是個接待員吧。沒什麼重要的……」

艾菲爾與他的女兒一聽到這段回話，忍住大笑的衝動。他們得迅速回復鎮定，因為一個銅管樂隊開始奏出了樂章。人群的另一邊，在一個相仿的舞台上，一個合唱團威風唱著〈桑布爾—默茲〉[21]軍隊進行曲，讓群眾更為興奮了。大家鼓著掌，高喊著「法國萬歲！」「亞爾薩斯省萬歲！」「卡諾總統萬歲！」在艾菲爾身邊的幾位政治人物一副當之無愧的模樣，心滿意足地看著彼此：這個落成典禮達到了目的。

接著就是滔滔不絕的演說了。艾菲爾聽見有人提起他的名字。他擺出笑臉，彎腰鞠躬，動作如同機器人。這些讚美之詞，對象換成誰都一樣，而且，他也已經遠離這些人群了。他的軀體雖還受制於地心引力所以停留原地，但是心思已經飛向了巴黎上空三百公尺，靠近鐵塔頂端的位置了。他和他的鐵塔費盡了千辛萬苦才終於走到現在；這個他原先並不看好的計畫，整個結構也早已不同於諾吉耶與科奇林當年的提案了！才三年的時間，就發生了許多事情。他不禁回想這三年來的瘋狂、狂熱與激情……還有痛苦。每

21 〈桑布爾—默茲〉（Sambre et Meuse）此名來自一七九四年組成，活躍於法國大革命的軍團名稱。

當有個幽影浮出記憶之時，他便會將之驅逐而去，就像是拒絕某些回憶。還太早，還太炙熱了。他做的這一切，其實都是為了她。因為她，所以他才終於打造出這座鐵塔。就算她人已不在，依然攀著他的肩膀，注意著他的任何決定，就好像她一直都會在他的耳邊低語，告訴他下一步該怎麼做、怎麼走，而且她永遠都是對的。就某方面來說，他覺得自己受到了保護，就如同那些帶著某個聖人、某個仙女的祝福出航的水手一樣。而這座塔，就是她——也可能就只是她！因為她和他對於這座塔擁有同樣的渴望，也擁有同樣的熱情。

「我最親愛的艾菲爾，這一天應該是你的人生中最美好的一天！恭喜！」

艾菲爾再次微笑。他甚至在人群的歡呼聲中，聽見自己致謝。可是說話的人已經不再是他，或只有一點點可能是他。因為他依然還停留在遠處，而且握著一隻看不見的手。

他再也沒見過她了。一如安東先前所說，他們夫妻倆搬離了巴黎，而且沒留下任何隻字片語。沒有人對此表示惋惜，畢竟從來沒有人會對記者的離去感到遺憾。至於美女則是處處都有，而且還更年輕、更性感。

一想到這，某個東西突然攫住了他的目光。與其說是某個人的身影，更不如說是一抹色彩、一個紫色的影子。她在。就在人群當中。艾菲爾注意到她了，因為她是唯一一個完全沒有動作的人。那些湊熱鬧的人動著身體，抬頭望著那座塔，交頭接耳、吃餅乾，或是不顧台上的演說，隨著樂團依然演奏得震耳欲聾的音樂起舞。可是艾菲爾的眼裡只有她一個人……輪到洛克伊致詞，他提醒眾人，雖然自己已經卸任，然而拋出這個絕佳計畫的人是他。艾菲爾以為聽見眾人安靜了下來。此時，熱鬧喧騰的戰神廣場突然陷入一片靜默。眾人張開了嘴卻沒聲音，四處都有人在移動也沒聲音，工人敲打著釘子沒有聲響……他只聽見自己的呼吸聲，以及那個陌生人掀起面紗的手指聲音。

她的眼睛完全沒變。依然還是一對大大的、會勾人的貓眼。那對眼睛佔據了所有一切，以致於艾菲爾感覺人群好似消失了。她以帶著崇拜、深情愛慕的眼神看著他。這個眼神抹去了一切；抹去了人群如同抹去了怨恨、折磨、缺席與思念。不管所有發生的一切，不管其他人、不管他們自己，她就在這裡。她的貓眼充滿了淚水——那是喜悅的淚水、如釋重負的淚水——艾菲爾感覺到自己的臉也感動得顫抖。萬物在剎那間充滿了生氣，他心裡萬分激動，差點站不穩腳。

「爸，都還好嗎？」

克萊兒再次握住他的手，擔心地看著他。她上一次看他哭，是在瑪格麗特的葬禮上。現在又看到他哭了。只不過不是一陣陣痛苦的嗚咽，就僅僅是兩行清淚沿著臉龐滑入了他那整齊的灰白鬍鬚裡——她這天早上才幫他修剪過。

「親愛的，一切都很好。」

當他抬起頭來，那個紫色影子已經消失了。人群又重新鬧哄哄，開心得大喊大叫，官員的讚美之詞仍舊繼續，但是，她已經不在了。

他的胃疼得幾乎無法忍受。可是他從樂隊的方向看過去，看見在鄰近的工地之中，一個紫色的身影逐漸遠去。當那個身影經過了一座安南的佛塔之後，最後一次轉身。雖然距離遙遠，但古斯塔夫還是看見了那對貓眼，以及那個從來就不曾如此燦爛的笑容。

然後，亞提安娜便消失不見了。

「現在，我要請我們今日的英雄、我們國家的一大榮耀、為我們法國增光的男人致詞。那就是古斯塔夫．艾菲爾先生！」

古斯塔夫幾乎沒有任何反應。

他再次離開他的軀體，在巴黎的上空飛翔，輕撫著鐵塔頂端。可是他人確實在，就在這座舞台上——那個親吻了一下女兒，而後從內側口袋拿出幾張紙的人就是他。

人群安靜了下來。當政治人物在長篇大論時，他們並沒有專心聽，而是守候著。他們都是為了他——而且就只為了他而來。為了他與他的鐵塔。

古斯塔夫聽見自己說話，但是他不在乎。因為就在剛才，儘管距離遙遠，他所看見的，已為他在這兩年當中所做的一切重新賦予了意義。他感到十分幸福。他的愛從此有了記號；從此深植於巴黎的土地上，就如同情侶在樹幹上刻下兩人姓名的縮寫一般。

他聽見自己向眾人說明這座塔是如何出生，他有過什麼樣的冒險、什麼樣的抉擇與懷疑。他嚴謹地唸出一串數字——這天一早，克萊兒讓他複誦了幾次的演說稿——眾人齊聲發出了「喔！」盡是崇拜之意。

「這座艾菲爾鐵塔正確高度為三百公尺。如果升上旗子的話，高度則為三百一十二公尺。底座的面積為一百二十五平方公尺。總共使用了一萬八千零三十八個金屬零件與兩百五十萬個鉚釘。從底部到頂端共計一千六百五十五級台階……」

每個說出的數字都引起了歡呼。陶醉於崇敬之情中的群眾，隨著古斯塔夫的演說，不斷地喝采。

然而有一件事他並沒有說，一個他如同守住祕密般給予最溫柔守護的細節。就連他的女兒永遠也不會知道，因為有些事情只有戀人彼此知道。古斯塔夫收起演說稿，在眾人的歡呼聲中，就像對一個美好的回憶投以飛吻般的低聲對自己說：「它的形狀像一個A。」

請願書

反對建造艾菲爾鐵塔——一八八七年二月十四日

致阿爾逢德先生及親愛的同胞：

我們這些作家、畫家、雕塑家、建築師以及對於巴黎迄今完璧無瑕之美的熱情愛好者，在此竭盡我們的力量、我們的尊嚴、以法國被輕視的品味之名、以受到威脅的法國藝術與歷史之名，反對那座無用且醜惡的艾菲爾鐵塔矗立在我們的首都中心——充滿見識與正義感的公眾惡意已將其命名為「巴比倫塔」。

在不過分誇大我們法國優越性之情況下，我們有權高聲宣稱世界上沒有任何城市可與巴黎匹敵。在路面街道、寬闊的林蔭大道之上；在令人讚賞的河岸沿邊；在美好的漫步之中，突然現身眼前的，是人類知能所孕育出之最高貴的紀念建築。法國的靈魂與鉅作之創作者，在宏偉繁茂的石頭之間閃耀著。儘管德國、義大利、法蘭德斯為著自身的藝術遺產而自豪，實屬合情合理，但是那些藝術遺產卻沒有一處堪與我國相比，更況且巴黎吸引了來自世界各個角落的好奇與崇敬。難道我們要糟蹋這一切？難道要讓巴黎這座城市與奇形怪狀、與一名機械建築師唯利是圖的想像有更長久的連結，導致無可挽回的醜化與名譽敗壞？不要懷疑，那座連功利的美國都不要的艾菲爾鐵塔正是巴黎之恥。而每個人都感覺得到，也都這樣說，並且為此深深地苦惱著，可在合理感到驚慌的普遍看法之中，我們只不過是一個微弱的迴聲。當外國人來到巴黎參觀我們的世界博覽會時，他們將會驚訝地大喊：「什麼？法國人為了讓我們對於他們向來吹噓的品味能夠有個概念，結果拿出這個恐怖的東西？」他們有理由這麼嘲笑我們，因為那個優雅的哥德式巴黎；那個雕塑家皮隆（Germain Pilon）的巴黎；那個雕塑家普吉特（Puget）的巴黎；那個呂德（Rude）、巴里（Barye）等雕塑家的巴黎，就要變成艾菲爾先生的巴黎。

此外，只需想像一下，一座極為可笑的塔，就像一支龐大的黑色工廠煙囪主宰著巴黎，其龐大的體積野蠻地碾壓巴黎聖母院、聖徒禮拜堂、聖雅克塔、羅浮宮、傷兵院、凱旋門；我們所有的紀念性建築被壓低，所有的建築被縮小，直到最終消失在這片惡夢之中時，人們就可以理解我們所提出的看法。在二十年間，我們將會看見一根以鐵皮鉚接起的醜惡柱子在這座自無數世紀以來因才華巧思而沸騰的城市上方投下醜陋的陰影，如同一道墨跡沾染了整座城市。

所以，親愛的同胞，熱愛巴黎、大量對巴黎進行美化，並且多次保護巴黎免受行政摧殘與工業破壞的您，是該肩負起再次捍衛巴黎的榮譽。我們希望您能夠為巴黎辯護，因為我們知道您會為此竭盡所有精力，與發揮能夠激發像您這樣的藝術家熱愛美、崇偉與公平的口才。如果我們的提醒呼聲不被聽見；如果您的理由不被採納；如果巴黎執意羞辱巴黎，那麼，您與我們至少發出了爭取榮譽的一聲抗議。

簽署者：

莫泊桑、小仲馬、梅松聶（E. Meissonier）、夏爾—弗朗索瓦・古諾（Ch. Gounod）、夏爾樂・加尼葉（Charles Garnier）、羅貝爾・弗勒里（Robert Fleury）、維克托里安・薩爾杜（Victorien Sardou）、愛德華・帕爾羅（Edouard Pailleron）、熱羅姆（H. Gérôme）、里歐・博納（L. Bonnat）、威廉・阿道夫・布格羅（W. Bouguereau）、吉恩・吉古（Jean Gigoux）、古斯塔夫・布朗傑（G. Boulanger）、隆尼普弗（J.-E. Lenepveu）、歐仁・紀堯姆（Eug. Guillaume）、亞當・沃爾夫（A. Wolff）、夏爾・科斯岱爾（Ch. Questel）、法蘭索瓦・科佩（François Coppée）、勒孔特・德・里爾

（Leconte de Lisle）、多梅（Daumet）、法蘭斯（Français）、蘇利—普魯東（Sully-Prudhomme）、埃利・德勞內（Elie Delaunay）、埃米爾・沃德默（E. Vaudremer）、貝爾同（E. Bertrand）、湯馬斯（G.-J. Thomas）、法蘭索瓦・安力克（François Henriquel）、亞歷山大・勒瓦努（A. Lenoir）、古斯塔夫・雅凱（G. Jacquet）、古比（Goubie）、安格・杜伊斯（E. Duez）、勒內—德—保羅・德聖馬索（de Saint-Marceaux）、吉拉姆・庫爾圖瓦（G. Courtois）、帕斯卡—阿道夫—讓・達格南—布弗雷特（P.-A.-J. Dagnan-Bouveret）、約瑟夫・溫克爾（J. Wencker）、呂西安・杜塞（L. Doucet）、亨利・艾米爾（Henri Amie）、夏爾・格朗穆然（Ch. Grandmougin）、弗朗索瓦・布爾諾（François Bournaud）、查爾斯・博德（Ch. Baude）、儒勒・勒費弗爾（Jules Lefebvre）、馬喜耶（A. Marcié）、榭比宏（Cheviron）、亞爾伯・朱利安（Albert Jullien）、安卓・勒孔（André Legrand）、林波（Limbo）……

EIFFEL

為愛造塔的男人 EIFFEL

因為妳，我改變巴黎的天際線

作者——尼古拉・德斯汀・道弗斯
譯者——黃琪雯
副總編輯——簡伊玲
校對——金文蕙
美術設計——王瓊瑤
特約企劃——林芳如

發行人——王榮文
出版發行——遠流出版事業股份有限公司
地址——104005 台北市中山北路一段 11 號 13 樓
客服電話——（02）2571-0297
傳真——（02）2571-0197
郵撥——0189456-1
著作權顧問——蕭雄淋律師
ISBN——978-626-361-216-7

2023 年 10 月 1 日 初版一刷
定價——新台幣 390 元
（缺頁或破損的書，請寄回更換）

遠流博識網 http://www.ylib.com
E-mail: ylib@ylib.com
遠流粉絲團 https://www.facebook.com/ylibfans

本書獲法國在台協會《胡品清出版補助計劃》支持出版。
Cet ouvrage, publié dans le cadre du Programme d'Aide à la Publication《Hu Pinching》,
bénéficie du soutien du Bureau Français de Taipei.

國家圖書館出版品預行編目 (CIP) 資料

為愛造塔的男人：因為妳，我改變巴黎的天際線 / 尼古拉・德斯汀・道弗斯（Nicolas d'Estienne d'Orves）著；黃琪雯譯 . -- 初版 . -- 臺北市：遠流出版事業股份有限公司，2023.10
面；　公分
譯自：EIFFEL
ISBN 978-626-361-216-7（平裝）

876.57　　112012770